Mellie Eliel

Illusions
Roman

Mellie Eliel

© 2024 Mellie Eliel, Tous droits réservés

ISBN : 978-2-3225-3563-7

Date de parution : déc.2024

Édition : BoD · Books on Demand GmbH, In de Tarpen 42, 22848 Norderstedt (Allemagne)
Impression : Libri Plureos GmbH, Friedensallee 273, 22763 Hamburg (Allemagne)
Dépôt légal : Novembre 2024

Le code de la propriété intellectuelle n'autorisant aux termes des paragraphes 2 et 3 de l'article L.122-5, d'une part, que les copies ou reproductions strictement réservées à l'usage privé du copiste et non destinées à une utilisation collective et, d'autre part, sous réserve du nom de l'auteur et de la source, que les analyses et les courtes citations justifiées par le caractère critique, polémique, pédagogique, scientifique ou d'information, toute représentation ou reproduction intégrale ou partielle, faite sans le consentement de l'auteur ou de ses ayants droit ou ayants cause, est illicite (article L.122-4). Cette représentation ou reproduction, par quelque procédé que ce soit, constituerait donc une contrefaçon sanctionnée par les articles L.335-2 et suivants du Code de la propriété intellectuelle.

1

Mon destin, je ne me l'imaginais pas ainsi. Pourquoi parmi les deux Princes Alek et Anton, vrais jumeaux de naissance, c'était Anton qui m'avait épousé alors que tout le monde savait que j'étais destinée à son frère Alek. Ma sœur, quant à elle, qui n'en avait que faire d'Alek, avec lequel elle s'était retrouvé mariée et qui le délaissait pour aller retrouver chaque nuit Anton, faisait semblant d'être épanouie mais la cour jasait à son propos. Des rumeurs allaient bon train…

Nous n'étions que des adolescentes encore… Et Anton et Alek également. Nos parents avaient eu une mauvaise passe, en tout cas, c'est ce qu'ils nous disaient et s'étaient vu offrir une chance inespérée de rebondir en acceptant de nous unir aux Princes de la Cité de la Destinée.

J'étais devenue la reine Selen alors que ma sœur était la reine Eryn. Et les deux frères étaient rivaux, Alek était tombé éperdument amoureux de Selen le jour où il l'avait vu descendre gracieusement les marches de la calèche, tandis que Anton avait eu un coup de foudre pour Eryn.

Mais les deux frères passaient leur temps à se tester, à se provoquer, à se détester, à se jalouser. Pour embêter son frère Anton avait demandé la main de Selen qui n'eut pas d'autre choix que d'accepter. S'en était suivi un mariage rapidement préparé et une vie misérable aux côtés d'un prince odieux et incompétent.

Les parents des deux sœurs regrettaient la tournure des évènements mais n'avaient pas eu d'autres choix que d'accepter la situation.

Alek était beaucoup plus doux avec Eryn qui lui faisait des crasses chaque jour depuis leur fiançailles.

Il y avait des rivalités entre les deux sœurs également. Un jour pourtant, Alek croisa seule Selen qui marchait tête baissée et qui sanglotait. Il s'en rendit compte et l'arrêta. Il lui effleura l'épaule, elle tressaillit. Il lui dit : « Que vous arrive-t-il ma reine ? »

Elle ne put répondre, des sanglots l'en empêchant. Il insista un peu : « Dites-moi ce qui vous arrive ? »

Selen finit par relever son doux visage et n'eut rien besoin de dire. Alek découvrit ce qui l'avait mise dans cet état, son sang se glaça. Celle-ci avait été battue par son frère. Son visage était tuméfié et gonflé. Elle tremblait.

Il l'attrapa par la main et l'emmena dans ses quartiers qu'il prit soin de verrouiller. Il la fit asseoir sur la chaise non loin et rechercha de quoi la soigner. Il ne trouva rien, alors il attrapa un tissu qu'il mouilla et qu'il lui appliqua aussi doucement que possible sur le visage. Celle-ci ferma les yeux. Il pouvait à loisir contempler ses traits réguliers, la couleur de sa peau, les frissons qui allaient et venaient à chaque fois que de l'eau coulait dans son décolleté. Elle releva la tête et lui dit : « Je vous remercie mais je dois quitter vos quartiers. »

Alek : Je vous aime. Je vous ai aimé dès que je vous ai aperçu la première fois que vous avez mis le pieds sur notre sol.

Selen leva les yeux vers lui et laissa couler des larmes, elle lui mit un doigt sur les lèvres et lui dit : « Je vous aime aussi, mais nous ne pouvons pas. Je suis malheureuse avec votre frère, mon roi. »

Alek : Je sais que votre sœur va le voir chaque nuit. Ils se fréquentent.

Selen : Pourquoi a-t-il fallu qu'il me choisisse ?

Alek : Il l'a fait uniquement pour me déranger, il n'a jamais pensé à vous.

Selen : Je dois partir avant que quelqu'un s'en rende compte.

Elle se releva mais perdit l'équilibre. Il la rattrapa et sentit son corps près du sien, il se sentit tout drôle. Selen laissa sa tête tomber en arrière et se détendit, elle se trouvait toujours dans ses bras.

Tout à coup, ils entendirent un bruit sourd derrière la porte. C'était Eryn qui cherchait à rentrer, elle cria : « Alek ouvre tout de suite cette porte avant que je n'appelle le roi. »

Ce dernier revint à lui en peu de temps, il fit passer Selen par le jardin de derrière, elle partit rapidement sans même se rendre compte qu'elle emportait un mouchoir sur lequel était inscrit : « Retrouve-moi ce soir après le souper, derrière les écuries. »

Elle ne s'en rendit compte que lorsqu'elle arriva aux cuisines où elle aimait bien se rendre pour donner un coup de main. C'est une domestique qui le lui fit remarquer. Elle lut le mot, puis le brûla au feu de cheminée.

Il ne fallait pas que qui que ce soit le voit afin de les préserver. La domestique qui le lui avait fait voir, s'appelait Alexine. Elle était d'une douceur infinie et d'une patience à toute épreuve. Elle s'était attachée à Selen et voulait la protéger des méfaits de la cour.

Alexine lui dit : « Ne vous inquiétez pas ma reine, je ne dirais rien. Vous pouvez compter sur ma discrétion. »

Selen : Je te remercie. Qu'allons-nous préparer pour ce soir ?

Alexine : Vous, vous n'allez rien préparer, c'est nous qui avons cette tâche.

Selen : Laissez-moi vous aider, du temps de mes parents, je cuisinais beaucoup. Et puis, je préfère être ici plutôt qu'attendre de me faire taper dessus.

Tout le personnel présent qui l'entendit dire cela, stoppa net son occupation. Un autre domestique s'avança et lui dit : « Voulez-vous vous enfuir ? On connait quelqu'un qui pourra vous y aider ? »

Selen ne s'attendait pas à une telle proposition, elle ne répondit rien. Si elle avait le choix, elle dirait oui tout de suite mais le pouvait-elle ? Si elle disparaissait, son roi mettrait tout en œuvre pour la faire retrouver et sa sentence serait encore pire que ce qu'elle avait connu.

Le domestique se nommait Egan. Il ajouta : « Nous pouvons vous faire passer pour morte, si cela peut vous rassurer, comme ça il n'y aura pas de chasse à l'homme pour vous retrouver. »

Selen sursauta à ses propos et lui dit : « Comment pourriez-vous faire cela ? »

Egan : C'est simple, je vais vous faire boire une potion magique qui vient de l'Académie magique d'où je viens et votre cœur battra si faiblement que même les médecins penseront que vous êtes partie. Après avec les coups que vous recevez régulièrement du roi Anton, cela se pourrait tout à fait.

Mais je dois vous dire que vous êtes attendue de pieds fermes à cette académie magique dont je viens de parler.

Selen : Pourquoi cela ? Je ne suis pas une sorcière.

Egan : Vous faites partie de notre monde, ainsi qu'Alek. C'est d'ailleurs pour cela qu'il y a toujours eu des rivalités entre les jumeaux et vous et votre sœur. Ils étaient jaloux de vos pouvoirs et dons et se sentaient différents.

Selen : Etes-vous sûrs d'avoir toute votre tête Egan ? Je ne suis pas une magicienne !

Egan : Ne vous est-il jamais arrivé des choses inexplicables quand vous étiez plus jeune ? Avant d'arriver ici ?

Selen se tut et réfléchit quelques instants. Au bout d'un temps, elle dit : « Si, parfois mais c'était sans importance. »

Egan : Peut-être mais cela venait de votre différence, vous n'êtes pas une simple humaine, vous faites partie de la grande famille des magiciens. Vous êtes d'ailleurs née dans l'Académie magique. Vos parents en sont issus également. Y être née a doublé vos pouvoirs magiques, cela a renforcé vos dons de naissance. Vous êtes protégée, c'est pour cela que je vous parle parce qu'on m'a annoncé qu'il était temps pour vous de vous défaire de tout cela pour vous aider à déployer vos ailes et vous envoler.

Selen : Et Alek ?

Egan : Il est comme vous mais il l'ignore.

Selen : Pourquoi nos parents ne nous ont rien dit ? Pourquoi ont-ils accepté ce mariage arrangé ?

Egan : Parce que vos parents étaient du mauvais côté, ils avaient rejoint le côté obscur de la magie et ils n'ont vu que leur propre intérêt.

Selen allait de surprises en surprises. Egan ajouta : « Vous n'êtes pas destinée à être une Reine. Votre destinée est bien plus grande que cela. »

Selen : Et Anton ? Et Eryn ?

Egan : Ils sont de simples mortels. C'est pour cela que vous avez craqués chacun pour son équivalent opposé.

Selen se tourna vers Alexine et lui dit : « Toi aussi tu es de cette Académie ? »

Celle-ci hocha la tête. Egan dit : « Nous venons tous de là-bas, nous avons obtenu ce poste pour te protéger et te sortir de ce piège, ainsi qu'Alek. »

Selen : Mais les parents des frères ? Qu'en est-il d'eux ?

Alexine : Ils ne sont pas vraiment ce qu'ils prétendent. Mais tu le découvriras un jour.

Egan s'approcha et lui tendit un verre qu'il l'incita à boire. Elle le prit, regarda la couleur et le sentit. Cela n'avait pas de mauvaise odeur, alors elle ferma les yeux et le bu d'une traite. Elle rendit le verre à ce dernier et partit s'asseoir.

Au bout de quelques minutes, elle se sentit faible puis elle tomba sur la table à côté des épluchures. Alexine et Egan s'en chargèrent immédiatement. Ils prévinrent Alek en allant le chercher en toute discrétion. Celui-ci bondit de sur son lit, il s'empressa de les rejoindre, il la retrouva allongée sur son lit dans la chambre conjugale et le corps couvert de blessures et de coups. Il comprit que son frère avait l'habitude de lui porter des coups et il partit aussi rapidement pour le faire payer. Ce dernier était en plein ébat avec Eryn.

Alek n'en fit pas cas et lui asséna des coups qui le laissèrent paralysé.

Alek lui hurla dessus : « Tout cela, pour avoir tué Selen avec tes coups meurtriers ! »

Anton se releva difficilement de cette attaque sournoise de son frère, il fit un léger sourire et dit : « Ça y est, elle est enfin morte ? Je vais pouvoir m'en débarrasser et prendre pour épouse Eryn. Je n'en avais rien à faire d'elle, je l'avais choisi uniquement pour te faire du mal. »

Alek était dépité, il quitta leur pièce et retourna auprès de Selen. S'il n'avait pas été là, elle n'aurait même pas eu de toilette mortuaire. Alexine et Egan le rejoignirent et le mirent dans la confidence, il se décrispa peu à peu. Selen était toujours vivante, la supercherie avait fonctionné. Il prévint la cour de la nouvelle, puis du remariage du roi avec son épouse la princesse Eryn. Il divorça rapidement pour céder sa place. Enfin, il serait seul. En tout cas, c'est ce qu'il faisait croire.

Après leur mariage, il resta quelques temps et décida de prendre le même verre que sa bien-aimée. Il passa pour mort, les rumeurs allaient bon train au château.

Seuls restèrent Eryn et Anton, deux souverains monstrueux et sanguinaires.

Après un simili enterrement, Alek partit rejoindre Selen qui l'attendait à l'Académie magique, dans un autre pays lointain.

2

L'Académie magique se trouvait sur un monde se nommant Illusion. Personne ne pouvait vraiment se fier à ce qui se trouvait autour de lui car cela pouvait être une duperie. Les habitants se trouvant autour de l'Académie étaient des anciens étudiants de celle-ci et ils faisaient la différence, ils étaient même pour la plupart, à l'origine du nom donné à leur monde. Ils s'étaient essayés à des tours de magie et n'avaient pas tenté de rompre leur sort.

Selen et Alek s'étaient retrouvés et n'en revenaient toujours pas de la tournure des évènements. Grâce à dieu, ni Eryn ni Anton n'avaient tenté de les approcher, ce qui fait qu'ils étaient toujours intacts.

Cela les arrangeaient ainsi si un jour, ils venaient à s'unir, ils le pourraient aisément. Ils avaient été guidés par Egan et Alexine qui les avaient rejoints pour les présenter au doyen des lieux, le Professeur Antique. Ce dernier ne paraissait pas son âge, il portait une cape noire avec une capuche, de grandes poches dans lesquelles se trouvaient tout son nécessaire comme il aimait l'appeler. Il était grand de taille, une barbe taillée ainsi qu'une moustache, il avait les yeux bleus et un beau sourire. Il occupait ce poste depuis des décennies et avait rédigé la plupart des règles de l'Académie magique.

Lorsqu'il les vit s'approcher, il s'exclama : « Enfin, vous voilà ! Nous n'attendions plus que vous pour débuter l'année scolaire, vous découvrirez avec vos futurs camarades, des pré-leçons qui vous permettront de faire des expériences immersives des futurs activités et cours de l'année au sein de l'Académie magique. Vous rencontrerez également d'autres habitants, vos futurs alliés. »

Selen était très impressionnée par l'espace qu'il occupait. Il faut dire qu'à côté de ce dernier, ils avaient l'air minuscule.

Il avait une particularité, sa taille augmentait à chaque fois qu'il prenait la parole, autrement dit, il devenait quasiment un géant plus de la moitié du temps.

Il leur dit : « N'ayez crainte, jusqu'à présent, je n'ai dévoré personne ! »

Et il se mit à rire quelques minutes. Alek prit la parole le premier : « Professeur Antique, comment cela se fait-il que nous n'ayons jamais été mis au courant de notre condition ? »

Professeur Antique retrouva son sérieux très rapidement et répondit : « Vous ne deviez pas le savoir, il était vital pour que vous restiez dans la méconnaissance la plus totale ! »

Selen : Pourquoi cela ? Peut-être que si nous l'avions su, nous n'aurions pas eu autant de difficultés !

Professeur Antique : Je sais à quoi vous faites allusion ma chère Selen, mais croyez-moi ce que vous avez vécu, n'est rien comparé à ce que vous auriez endurés si vous aviez été mis dans la confidence. Il fallait que cela se passe ainsi, pour vous renforcer, pour vous donner de bonnes raisons de résister, de tenir. Quels âges avez-vous à présent ?

Selen : Euh, mais vous ne le savez pas ?

Alek lui prit la main et répondit à sa place : « Nous avons quinze ans, Professeur. »

Professeur Antique : Je te remercie Alek. Je ressens en toi, Selen, beaucoup d'interrogations, beaucoup de colère et de frustration. Est-ce que je me trompe ?

Selen : Oui c'est possible.

Professeur Antique : Bien. Nous débuterons les classes dès lundi. En attendant, Egan et Alexine, ci-présents deviendront vos tuteurs et guides.

Alek : Est-ce que toutes les étudiantes et tous les étudiants en ont un ?

Professeur Antique : Certains oui.

Selen : Pourquoi en avons-nous ? Qu'avons-nous de plus que les autres ?

Professeur Antique : Vous le découvrirez bien assez tôt.

Ce doyen en faisait des mystères à leur propos. Selen ne se sentait pas du tout à son aise dans cette Académie, elle sentait des sentiments qu'elle n'aurait jamais imaginé ressentir, et cela lui faisait peur.

Alek, quant à lui, laissait davantage le bénéfice du doute, il se sentait chanceux d'être auprès de la jeune fille qu'il aimait.

Ils furent rejoint par leurs deux tuteurs qui leur dirent après être sortis, quelques minutes plus tard du bureau du Professeur : « Alors vos premières impressions ? »

Alek : C'est immense ici. Il y a de magnifiques tableaux réalisés par les anciens étudiants, j'imagine ?

Alexine : Oui, tout à fait.

Alek : Eh bien, c'est très bien réalisé. Mais ont-ils été fait à la main ou par la magie ?

Alexine : Par la magie, mais c'est un art que vous apprendrez dans trois ans.

Alek : Je ne pensais pas que cela nécessitait des apprentissages particuliers !

Egan : Tu serais surpris de tout ce que l'on apprend ici.

Selen n'avait pas encore dit un mot, elle demeurait silencieuse et songeuse. Alexine lui dit : « Alors Selen, comment ça va ? »

Selen : Je vais bien, je ressens toutefois de la colère, beaucoup de colère, n'avais-tu pas dit que j'étais née ici, dans cette Académie ?

Alexine : Oui, nous te l'avons dit.

Selen : Mais alors d'où cela me vient-il ?

Egan se racla la gorge et dit : « Parce qu'à ta naissance, il s'est passé un évènement marquant. »

Selen : Lequel ? Je veux savoir !

Egan : Ce n'est pas le moment. Tu le sauras, mais lorsque les classes commenceront lundi. Nous ferons alors une visite commune avec les autres étudiants.

Selen : Pourquoi ? Cela ne regarde que moi, non ?

Egan : Non, du tout. Mais sois patiente, tu en sauras plus bientôt. Alek, parle-lui, il ne faut pas qu'elle s'emporte de cette façon, ce n'est bon pour personne.

Alek comprit que la colère de sa bien-aimée risquait d'attirer des problèmes, il lui prit la main et l'embrassa et lui dit : « Je suis là, tout va bien, lundi arrivera vite. Cela nous laissera le temps de faire connaissance avec les autres étudiants ! Je suis certain que l'on se plaira ici et que l'on apprendra pleins de choses. »

Selen lui sourit en guise de réponse, elle ne s'expliquait pas son comportement. Elle avait hâte de découvrir sa chambre. Ils arrivèrent au bout d'un temps assez long, à une intersection. Ils avaient le choix entre prendre tout droit, aller sur la droite ou la gauche. Ils prirent à droite pour Selen, à gauche pour Alek et enfin tout droit pour leurs tuteurs et guides.

Selen découvrit une immense pièce contenant plusieurs lits déjà pris, il en restait encore trois libres. Elle choisit celui qui se trouvait le plus proche de la sortie.

La grande chambre qui ressemblait davantage à un dortoir était très simple, les lits pouvaient avoir des paravents pour avoir plus d'intimité et s'éviter la lumière en pleine face.

Il y avait des chats sur chaque petite table de chevet, roulés en boule et qui ronronnaient. Les murs étaient dégagés de toutes distractions.

Elle se posa sur son lit et s'allongea sans dire un mot. Elle finit par s'endormir.

3

Alek découvrait lui aussi son lit, le seul qui restait disponible. Cinq autre étaient déjà pris. Il s'installa rapidement, n'ayant pas d'effets personnels avec lui. Il découvrit une armoire au fond de la grande pièce, avec des casiers portant son nom. Il les ouvrit et y trouva des vêtements. Il hocha la tête de satisfaction.

Il retourna sur son lit et caressa le chat qui dormait, il lui dit : « Je suis Alek, je vais dormir près de toi tout à l'heure, j'espère que nous serons de bons amis ! »

Le chat entrouvrit un œil, s'étira longuement, puis ouvrit son second œil et se releva et miaula rapidement avant de devenir une statue.

Alek surpris lui dit : « Mais que t'arrive-t-il ? »

Egan qui arrivait pour voir si tout allait bien, lui dit : « C'est normal Alek, ce sont des chatanagras. Ce sont des chats magiques qui se transforment en objets et qui vous aident dans les moments importants voire dangereux. »

Alek : Tu veux dire que l'on peut courir un danger d'être ici ?

Egan : Non, mais on ne sait jamais. Il y a toujours eu des sorciers qui ont mal tournés, par exemple les parents de Selen ou les tiens.

Alek : Oui, parle-moi de mes parents, qu'étaient-ils exactement ?

Egan : Je ne suis pas censé t'en parler maintenant.

Alek : Juste quelques informations s'il-te-plait.

Egan hocha la tête et ajouta : « Tes parents n'ont pas étudiés ici, ils sont issus d'une famille de sorciers destructeurs, comme ceux de Selen d'ailleurs. Ils voulaient prendre le contrôle sur les humains dont ton frère et ton ex-femme faisaient partis. »

Alek : Pourtant quand je repense à lui, j'aurais plutôt tendance à dire qu'il était comme eux. Il m'en a fait de ces crasses !

Egan : Je sais. Mais il n'était qu'un simple mortel. Et Eryn aussi. S'ils étaient terribles c'est qu'ils avaient été travaillés pour le devenir, pour ne pas briser la lignée familiale. Tes parents savaient que cela ferait tâche que seul un des deux soit un sorcier, alors pour ne pas subir le châtiment de Vipérin, ils ont œuvré pour que rien n'y paraisse. Et les parents de Selen ont fait pareil avec Eryn. Mais vous n'avez pas vécus en tant que sorciers car nous ne voulions pas que vous le sachiez, cela aurait engendré des catastrophes s'ils avaient été les premiers à vous transmettre les enseignements magiques.

Pour devenir comme nous, ici à l'Académie Magique, vous allez devoir participer à un concours.

Alek : Quel est-il ?

Egan : Il consiste à devenir un adulte responsable, pour cela il y a plusieurs étapes à atteindre tout au long de l'année.

Alek : Un peu comme des examens ?

Egan : Oui si tu veux, mais ce sont des épreuves qui nécessiteront l'utilisation de la magie, mais aussi la réflexion, l'empathie et plusieurs autres qualités qu'un sorcier ou bien qu'un mortel est censé avoir.

Alek : Donc si je comprends bien, pour devenir des adultes réfléchis, nous allons passer des épreuves, des étapes bien définies pour jauger notre personne. Et si l'un de nous échouaient, qu'adviendrait-il ?

Egan : Eh bien, il ne passerait pas au niveau supérieur.

Alek : Combien y en a-t-il ?

Egan : Nous avons six niveaux.

Alek : Et c'est au sixième niveaux que l'on devient adulte ? Mais qu'est-ce que cela implique exactement ?

Egan : Que tu seras passé d'un adolescent en quête de toi-même à un homme qui sait ce qu'il est, ce qu'il veut, ce qu'il aime. Tu sauras également utiliser la magie à bon escient, sans craindre de débordement. Tu sauras également faire les bons choix, délaisser des situations, des personnes qui nuiront à ton intégrité. Et plusieurs autres types de situations.

Alek : Je ne sais pas si je suis prêt pour toutes ces épreuves ! Je n'ai aucune base là-dedans.

Egan lui tapota l'épaule et répondit : « C'est pour cela qu'il était temps que tu rejoignes l'Académie, tu as des choses à rattraper et à apprendre mais je le sens bien. Et puis, si tu as besoin, je suis là. Tu pourras compter sur moi. »

Alek : Merci Egan, je suis content d'être ici. Et Selen, je l'ai senti contrariée tout à l'heure, qu'a-t-elle ?

Egan : C'est bien que tu l'ai remarqué. C'est une longue histoire, elle est née ici mais ses parents n'avaient pas étudiés ici, c'est une erreur de parcours pour eux, surtout sa mère. Le fait qu'elle soit née ici met en exergue ses deux côtés, le bon venant d'ici et le mauvais venant de Vipérin.

Ici, on ne peut que faire de la bonne magie mais là où vos parents respectifs ont appris à l'utiliser, c'est l'inverse. Non seulement, ils se moquent des mortels mais ils veulent exterminer les magiciens et sorciers du bon côté de la barrière et prendre le pouvoir dans les mondes. En cela, le Professeur Antique est une arme très précieuse. Alors Selen ressent ces deux côtés en même temps, le bon et le mauvais. C'est pour cela qu'elle est tiraillée par la colère, la frustration, l'incompréhension et qu'en même temps, elle semble contente d'être ici. Elle ne sait plus trop ce qu'elle est. Sa situation est délicate mais pas insurmontable. Il va falloir l'aider et la soutenir. Et l'empêcher de rejoindre le camps de Vipérin.

Alek : Mais qui est Vipérin exactement ? Sinon, oui, bien sûr, pas question qu'elle dégénère. Je serais avec elle pour l'aider à aller mieux et à progresser.

Egan : Vipérin est l'ennemi du tout. Il est l'opposant, l'adversaire, le serpent des mondes. Vipérin est un sorcier qui avait de grandes ambitions. Notamment, détruire les mortels et récupérer leurs biens, mais surtout vaincre le Professeur Antique qu'il connait très bien et qui est son opposant et opposé. L'Académie possède en son sein deux sépultures, l'une de la famille du doyen de l'Académie et l'autre de la famille de Vipérin. Ses ancêtres étaient de braves sorciers qui ont, d'un commun accord avec les aïeux du doyen, construit cet endroit. Mais il y avait des rivalités entre les deux familles après la mort de leurs ancêtres respectifs et ils ont commencé à utiliser des formules magiques à mauvais escient. Résultat, lorsque Vipérin est venu au monde, il a grandi ici, il était destiné à avoir un destin quelconque car personne des membres de sa famille ne l'aurait laissé les dépasser. Il a grandi dans un milieu malsain et noir. Dans les deux tombeaux se trouvent, des gemmes qui rassemblaient apporteront à celui qui les détient le pouvoir absolu. Enfin, ce sont les on-dit que l'on entend depuis ces temps anciens.

Garde tout ça pour toi, d'accord ? Alors as-tu hâte de faire connaissance avec tes autres camarades ?

Alek : Merci pour les explications. Et nos parents à Selen et moi ont suivi Vipérin ? Oui, bien que je me sente un peu intimidé tout à coup.

Egan : Ne t'en fais pas, tout ira bien. Oui, vos parents étaient avec Vipérin mais n'oublie pas ce que je t'ai dit. Motus et bouche cousu.

Ce dernier hocha la tête. Il le laissa tranquillement avec son chatanagra.

Selen se réveilla avec l'arrivée de ses coturnes. Ces dernières la saluèrent : « Ah salut ! Nous attendions avec impatience ta venue ! Il ne manquait plus que toi pour que l'année se poursuive. »

Selen se releva et dit : « Quelle heure est-il ? »

Son chatanagra s'était réveillé et lui dit : « Il est dix-sept heures. »

Selen : Tu parles ?

Son chatanagra lui répondit : « Oui, je suis un chat-objet-statue et je suis très utile dans la vie quotidienne mais aussi pour les moments plus délicats. Je me nomme Grège. »

Selen : Enchantée Grège, quels moments délicats par exemple ?

Grège : Cela dépend. Cela fait longtemps que rien de fâcheux ne s'est produit au sein de l'Académie.

Selen ne dit rien. Les filles qui avaient rejoints leurs lits respectifs l'observaient en silence. Elle les dévisagea et leur dit : « Pourquoi me regardez-vous ainsi ? »

L'une d'entre elle finit par répondre : « Nous serions ravies de t'intégrer à notre groupe, je suis Sally, à ma droite il y a Eline, sur ma gauche Axelle, à côté c'est Mia, et enfin à côté de toi, nous avons Monica. »

Selen : Je suis contente de vous connaitre. Je suis désolée de ne pas être très agréable, je me sens un peu étrange depuis que je suis arrivée ici.

Sally : C'est normal, il y a un lourd secret autour de toi, de ta naissance et de ta famille.

Eline lui donna un coup de coude, Sally se mordit les lèvres. Mia ajouta : « Non, ce qu'elle voulait dire c'est que comme tu es née ici, dans l'Académie magique et que ta famille n'était pas d'ici, ils attaquaient les lieux avec leur chef Vipérin, elle a accouché ici et tu es née mais ce n'était pas prévu. Tu étais destinée à suivre leur trace. Alors si tu te sens bizarre, agacée ou énervée, c'est normal, tu es tiraillée entre le bon et le mauvais côté de la magie. Mais nous sommes toutes là, si tu as besoin. »

Selen : Mais pourquoi mes parents ne m'ont jamais rien dit ?

Alexine avait écouté les filles lui racontaient les rumeurs à son propos et dit : « Les filles j'aurais préféré que vous vous mordiez votre langue. Selen, tu n'en as pas entendu parler parce qu'après ta naissance ici, Vipérin a banni tes parents. Ils n'ont plus eu droit de le suivre et ils ont été contraints de vivre comme de simples mortels. Enfin, ils continuaient quand même un peu leur coup sordide mais pas autant qu'auparavant. Ta mère t'en a beaucoup voulu que tu naisses ici. »

Selen : Comme si je l'avais fait exprès !

Alexine : Je sais bien. Mais Vipérin leur avait monté la tête. À présent, les filles préparez-vous, cela va être l'heure du cours de potion.

Toutes se levèrent, prirent leurs affaires et empruntèrent la sortie. Sally s'arrêta et lui dit : « Tu viens ? »

Selen : Je n'ai pas d'affaire.

Alexine : Que tu crois ! Regarde au fond de la pièce, il y a une grande armoire, tu as des casiers à ton nom et dedans tu y trouveras toutes tes affaires. Vas-y vite !

Selen s'empressât d'aller voir et découvrit les mêmes vêtements, robes de sorcière que ses amies, cahiers, feuilles et tout le nécessaire.

Elle prit l'essentiel et rejoignit ces dernières. Elle retrouva Alek qui se trouvait, lui aussi, entouré de nouveaux jeunes hommes. Il semblait bien s'entendre.

Lorsqu'il la vit, il les délaissa, alla la trouver et lui dit dans l'oreille : « Ça va toi ? »

Selen : Oui, et toi ? Tu te plais ici ? Tu t'es fait de nouveaux amis ?

Alek : Oui, mais je pense à toi tout le temps.

Selen : Moi aussi, tu me manques.

Alek lui embrassa la main et lui dit : « Je suis là. Si tu as besoin, hoche la tête deux fois, je viendrais à toi. »

Selen lui sourit. Ses nouvelles amies et ceux d'Alek comprirent qu'ils formaient un couple. Eline s'approcha de Selen et lui dit : « C'est ton copain ? »

Selen : Oui.

Eline : Il est très beau, vous …

Selen ne la laissa pas terminer sa phrase, elle leva les mains en l'air et la transforma en rat. Eline courait à présent partout et poussait des cris terrifiants.

Toutes les filles s'éloignèrent de cette dernière. Alexine qui avait assisté à la scène prit les choses en main rapidement. Elle ramena Eline à sa forme initiale, celle-ci s'éloigna en pleurs de Selen qui n'en revenait pas de ce qui venait de se passer.

Egan avait prévenu le Professeur Antique qui avait vite rappliquer et qui dit : « Bien, Selen, je vous prie de me suivre dans mon bureau. Allez, vous autres, allez suivre vos études. Même toi Alek ! »

Alek n'avait pas compris l'acte de son amour, il regrettait ce qui venait de se passer, il ne comprenait pas.

Selen s'en rendit compte, son regard avait changé. Elle suivit le doyen dans son bureau et elle entendit une voix dans sa tête : « Parfait, tu vas pouvoir nous rejoindre. »

Le doyen s'installa, elle fit de même. Vipérin apparut, la toucha, elle disparut de devant le Professeur Antique et Vipérin lui dit : « Elle est à moi, elle l'a prouvée à l'instant. Nous allons pouvoir reprendre où nous en étions il y a longtemps ! »

Le Professeur Antique sortit rapidement et enclencha l'alerte maximale. Tous les élèves furent emmener dans la grande salle commune et les rumeurs allaient bon train. Seul Alek sentait qu'une chose terrible était en train de se produire avec Selen, il craignait vraiment pour leur avenir commun, pour son bien-être, pour toute leur vie.

4

Selen se trouvait au centre d'une grande plaine plantée de squelettes de mortels fraichement dépecés. Elle en eut des hauts le cœur. Qui l'avait ramené là ?

Elle regardait tout autour d'elle. Elle constata que ses parents se trouvaient là. Ainsi que ceux d'Alek. Elle semblait écœurée.

Elle se mit à hurler dans leur direction. Sa mère s'approcha et lui dit : « Oui ma chérie, nous sommes là, ne t'en fais pas, tout va bien. »

Selen : Tu plaisantes ou quoi ?

La mère s'appelait Odileuse. Elle lui dit : « Mais si tu verras, grâce à l'enchainement des évènements, tu as pu retourner à cette fichue Académie et cela t'a permis d'activer tes pouvoirs magiques. »

Selen : Tout ce que cela activait en moi c'est que je ne me contrôle plus, que je perde Alek et que je fasse du mal à mon entourage. Tu parles d'un bonheur !

Odileuse : Ne dis pas de bêtises voyons, nous vouons notre vie à Vipérin qui nous promet un avenir meilleur prochainement.

Selen : Ce que vous pouvez être naïfs ! Il n'est pas question que je m'incline devant ton Vipérin. Je suis un électron libre moi ! Je ne vous rejoindrais pas. Je me la jouerais solo.

Odileuse : Mais enfin, je ne t'ai pas éduqué comme ça.

Selen : Ouais parlons-en de votre éducation, à papa et toi. Vous m'avez laisser dans la méconnaissance la plus totale concernant mon statut, et surtout vous avez laissé Eryn me pourrir la vie. Tu parles d'une preuve d'amour !

Odileuse : Eryn n'est pas comme nous et pour ne pas nous faire massacrer par Vipérin nous l'avons beaucoup ensorcelé pour qu'elle paraisse comme nous. Et grâce à toi et à ce que tu as fait à cette fille tout à l'heure, Vipérin nous a permis de revenir près de lui. Donc nous te devons une fière chandelle !

Selen : Si ce que tu dis est vrai, alors aide-moi à m'enfuir d'ici. Je ne suivrai pas ton Vipérin. D'ailleurs quand on s'appelle ainsi franchement, on ne peut pas être crédible !

Odileuse : Tu n'as aucune idée de ce qu'il est capable de faire…

Selen : Je n'ai pas peur de lui, maman.

Au moment où elle venait de dire ça, elles entendirent un grand bruit sourd. Odileuse retourna vite à sa place. Vipérin quant à lui s'approcha à toute allure de Selen. Celle-ci s'étonna elle-même mais alors qu'ils se trouvait juste en face d'elle, elle ne baissa pas le regard, elle lui tint tête et le fixa sans cligner des yeux.

Il s'en éloigna un peu et lui mit une gros coup à la tête, elle la releva et de ses yeux sortirent des flammes qui le brûlèrent sévèrement pendant quelques minutes. Une fois éteint, il lui dit : « Tu vas m'être très utile, je vais pouvoir t'utiliser comme je l'entends. »

Selen : Je ne crois pas non, je ne suis pas avec vous. Plutôt mourir que de vous servir.

Vipérin : Très bien qu'on la jette dans la fosse aux scorpions.

Elle fut envoyée dans un trou très profond au milieu de scorpions, d'araignées et de serpents venimeux. Odileuse tenta une approche auprès de Vipérin qui la congédia aussitôt.

Selen sentait une colère indescriptible l'envahir. Elle n'était plus la même jeune fille qu'avant toutes ces histoires. Elle repensait même à Anton et le regrettait presque. Au moins, sa vie à ce moment-là était plus calme.

Elle se demandait également comment était Alek, elle se rappelait le regard qu'il lui avait lancé avant qu'elle ne soit convoquée dans le bureau du doyen.

Elle entendait des bruits autour d'elle alors elle sortit de ses pensées et constata que les vermines qui l'entouraient étaient en train de creuser un tunnel souterrain pour la faire échapper. Ils allaient vite et bien et progressaient à vue d'œil. Au bout de quelques minutes, elle put se glisser à l'intérieur et alors qu'elle avançait lentement mais sûrement, elle constata que le tunnel se refermait derrière elle. C'était mieux comme ça Vipérin ne pourrait pas la retrouver facilement. Elle poursuivit quelques temps et finit par se retrouver face à une grande salle où deux tombeaux se trouvaient à égale distance. Ils étaient bien entretenus et semblaient souvent visiter. Elle sortit tant bien que mal de ce tunnel. Les araignées, serpents et scorpions qui l'avaient menés jusque-là tournaient autour d'elle. Elle leur dit : « Merci de m'avoir sorti de là et de ne pas m'avoir attaqué. »

L'un des serpent répondit entre deux sifflements : « Tu es notre supérieure, notre maître, la maîtresse des lieux, des mondes, des vies. »

Selen ne comprenait pas. Elle ne répondit rien. Elle fit le tour des tombeaux et lut les inscriptions qui s'y trouvaient. Sur celle de gauche était mentionné : « Chardri et Rita » et sur celle de droite « Rick et Armance ».

Un écriteau se trouvait entre les deux stèles présentes et ces inscriptions étaient dessus : « *Aux deux plus grandes familles de sorciers, aux constructeurs de l'Académie magique, aux origines d'une amitié longue de plusieurs décennies, que nos descendants poursuivent nos aspirations, nos rêves et désirs ardents d'un monde plus juste, plus pur et plus aimant. Seul.e l'hériter.ère pourra être le.la détenteur.trice des gemmes à reconstituer pour devenir le Souverain, le Maître des mondes, des Galaxies. Pour ce faire, il devra traverser toutes les épreuves que nous avons imaginés et créés. Aucune magie, aucun sortilège, aucun maléfice ne pourra délivrer les gemmes à assembler. Descendants, prêtez-vous au jeu et grandissez, soyez nos humbles descendants, rendez-nous fiers et brandissez fièrement votre trophée qui vous rendra unique. »*

Selen allait de surprises en surprises. Pourquoi était-elle si différente, se pourrait-il qu'elle soit de cette lignée ? Cela ne se pouvait. Elle l'aurait sentie, elle l'aurait su.

Elle emprunta les escaliers qui se trouvait au fond de la salle en pierre. Et se retrouva face au bureau du doyen. Elle était donc retournée à l'Académie magique. Et à bien y réfléchir, cela paraissait logique étant donné les tombeaux qu'elle avait découvert un peu plus tôt.

Elle frappa à la porte et attendit qu'on lui permette de rentrer. Lorsqu'elle entendit l'accord, elle rentra et se retrouva entourée de toutes les professeures et tous les professeurs, d'Alek ainsi que d'Alexine et Egan qui semblaient tous choqués de la revoir après les derniers évènements. Comment était-elle réapparu et que lui était-il arrivé tout ce temps ?

5

Selen rentra dans le bureau et dégageait une aura particulière. Tout le monde se recula pour la laisser passer. Elle semblait paisible et terrible à la fois, ses pouvoirs magiques se ressentaient fortement.

Elle leur dit : « Qu'avez-vous ? Pourquoi me dévisagez-vous ainsi ? »

Professeur Antique : La question est comment cela se fait que tu sois ici alors que Vipérin t'avait kidnappé un peu plus tôt ?

Selen : C'est simple, on m'a aidé à m'échapper. Vipérin a voulu m'enrôler mais j'ai refusé sa proposition. J'y ai retrouvé mes parents et ceux d'Alek. Pourtant, je les ai ignorés. Je leur ai clairement dit que je ne les rejoindrais pas. Ils sont tous complètement fous. Je suis libre et je ne fais que ce que j'ai en tête et si cela ne leur plait pas, c'est pareil.

Professeur Antique : Qui t'a aidé à te libérer ?

Selen : Lorsque j'ai refusé de le suivre, il m'a fait jeter dans une fosse où se trouvaient des scorpions, araignées, et serpents et c'est eux qui m'ont aidé à sortir de là. Ils ont creusé un tunnel qui m'a permis d'arriver dans les sous-sols de l'Académie.

Professeur Antique : Veux-tu dire que tu as vu les tombeaux ?

Selen hocha la tête.

Tous les présents se regardèrent et le Professeur Antique ajouta : « Est-ce que ceux qui t'ont aidé à t'échapper t'ont parlé ? »

Selen : Oui, l'un des serpents m'a dit que j'étais la maitresse des mondes ou quelque chose de similaire. Et sur le moment, je n'ai pas compris. Ais-je un lien de parenté avec les ancêtres de Vipérin, ou les vôtres Professeur ?

Ce dernier s'assit et fit sortir tout le monde. Il resta seul avec elle. Il la regarda un moment sans dire un mot. Il finit par lui dire : « Comment te sens-tu ? »

Selen : Bof, je n'en sais rien. Je n'ai pas aimé que l'autre Vipérin tente de me forcer la main.

Professeur Antique : Oui mais à part ça ?

Selen : À part ça, rien. Je vais bien. Si j'ai oublié de vous dire que je l'ai brûlé grâce à mes yeux qui ont fait jaillir des flammes. C'est après cela qu'il m'a fait sa proposition, laissant entendre que je pourrais lui être très utile.

Professeur Antique : Tu as des capacités magiques hors norme Selen. Peu d'étudiants de ton âge sont capables de réaliser cela. Garde-le pour toi, d'accord ?

Selen : Bien maintenant Professeur, parlons franchement et non à demi-mot comme vous l'aviez fait jusque-là si vous voulez bien.

Professeur Antique se releva de son fauteuil et fit le tour du bureau, il s'assit sur celui-ci juste en face d'elle. Il lui dit : « Très bien Selen, parlons. Que veux-tu savoir ? »

Selen sourit, elle allait enfin avoir des réponses. Elle commença : « Je veux savoir ce que je suis capable de faire et de provoquer avec ma magie ? Et d'où vient-elle ? »

Professeur Antique : Elle te vient principalement de Vipérin, mais également d'ici. Parce que le jour où il a décidé, il y a de ça, une quinzaine d'années, de nous attaquer avec toute sa clique dont tes parents, eh bien ta mère qui t'attendait n'a pas pu faire autrement que d'accoucher ici même dans l'enceinte de l'Académie. Elle savait très bien qu'en te mettant au monde ici, cela décuplerait tes pouvoirs et cela les réveilleraient au moment voulu. Tout était finement calculer.

Selen : Mais vous, vous le saviez ?

Professeur Antique : Ce jour-là, je l'ai appris après que beaucoup des miens, beaucoup d'étudiants et d'amis, d'alliés se soient fait tuer. Ils n'étaient pas venus pour prendre le thé, ils n'avaient qu'une seule chose en tête, c'était de nous éliminer pour prendre le contrôle de la population magique, ici et dans les mondes.

Selen : Mais d'où vient Vipérin ? Et mes parents et ceux d'Alek ?

Professeur Antique : Les parents d'Alek sont issus d'une lignée noble de sorciers. Ils se sont ralliés à Vipérin parce qu'il leur a promis des avantages dont ils n'ont toujours pas vu la couleur. Mais rien que le fait de le suivre, les obligent à poursuivre dans cette voie, malgré eux.

Selen : Et mes parents ?

Professeur Antique : Tes parents, c'est plus compliqué. Il y a tout un tas de choses qui se disent à leur propos et donc sur toi. D'abord, ta sœur n'est pas vraiment ta sœur, Eryn n'est qu'une illusion, d'ailleurs elle a disparu du château dans lequel tu te trouvais, et le frère d'Alek également. Parce que tu te doutes que vos parents respectifs se connaissaient et s'entraidaient. Ils savaient qu'il n'y avait que toi et lui qui étiez capables de sortir du lot.

Selen : Je ne suis pas sûre de bien comprendre. Vous dites que ma sœur Eryn et Anton le frère d'Alek n'existent plus ? Où sont-ils passés ?

Professeur Antique : Ils n'étaient pas vraiment réels, c'était une ruse de Vipérin. Tu n'as pas idée de tout ce qu'il a fait et est encore capable de faire pour nuire.

Selen : Mais pourquoi puisque nos parents étaient avec lui déjà ?

Professeur Antique : Au sujet de tes parents, sans doute pour leur faire payer ta naissance ici et pour ceux d'Alek, je ne sais pas trop mais si tu ne me crois pas, regarde, je vais te montrer. Suis-moi.

Il s'éloigna et s'arrêta devant un mini brasier, il dit un mot et celui-ci lui fit apparaitre le monde de la destinée ou plutôt ce qu'il en restait.

Selen qui s'était approché découvrit que l'emplacement du château avait disparu. Elle ne comprenait pas, elle avait pourtant été mariée de force avec Anton, il était bien physique, comment cela pouvait être possible ?

Elle lui dit : « Mais qui était-ce alors ? »

Professeur Antique : Les illusions viennent d'ici, n'oublie pas que notre monde se nomme ainsi. Et surtout que Vipérin a tout appris d'ici et qu'il a décidé d'utiliser la magie à de mauvaises fins. Ce n'était pas difficile ensuite d'apprendre tous ces sorts à ses fidèles.

Selen : Vipérin a-t-il un supérieur ?

Professeur Antique : Non, pourquoi ?

Selen : Je ne sais pas mais ça paraitrait logique, comment a-t-il appris la magie noire ? Je suppose que vous n'avez pas d'ouvrages parlant de cela ici ? Alors comment a-t-il pu l'apprendre ? Seul ? Je n'y crois pas. Il ne m'a pas semblé très futé quand je l'ai vu tout à l'heure. Il ne m'a pas impressionnée pour deux sous. Et dieu sait que j'en ai vu des choses étranges dans ma vie.

Professeur Antique : En tout cas, s'il a un supérieur, je ne vois pas qui cela pourrait être. Tu penses vraiment qu'il a pu s'accoquiner à quelqu'un d'autre ?

Selen : Bien sûr, vous avez vu sa dégaine ? Lui, un leader, j'en doute !

Professeur Antique : Il ne t'a pas fait bonne impression on dirait !

Selen : Non, ça c'est sûr. Je déteste que l'on me force la main. Comme je le lui ai dit, je suis libre de mes choix, de mes actes et tant pis si je me casse la figure, je serais la seule responsable, j'assumerais.

Professeur Antique : Je me doutais que tu aurais un sacré caractère. Tu me rappelles Armance.

Selen : C'était votre aïeule ?

Professeur Antique : Oui mais tu le sais, non ? Puisque tu as vu les tombeaux.

Selen : Oui. J'ai aussi lu ce qu'il y avait d'indiquer sur l'écriteau au milieu. Du coup, qu'ai-je de si différent des autres étudiants pour que je sois si importante pour lui et pourquoi ai-je autant de pouvoirs magiques alors que je n'y connaissais rien jusque-là !?

Professeur Antique : Tu émanes une magie surpuissante, Selen. Tu ne t'en rends pas compte et c'est normal parce que c'est de naissance. Tu ne la contrôle pas pour l'instant. Mais dès lundi, tu apprendras à la manier et à l'utiliser à bon escient. Tu renfermes de grands pouvoirs et je suis convaincu que tu pourrais facilement détruire les mondes si tu le désirais. C'est pour cela que tu vas devoir apprendre à mesurer tes sentiments. Repense à un peu plus tôt, quand tu as transformé cette fille en rat, juste parce qu'elle t'avait dit quelque chose sur Alek. Elle voulait seulement être gentille, pourquoi t'être emportée contre elle de cette façon ?

Selen : Je ne sais pas, je n'ai pas contrôlé ce qu'il s'est passé ensuite. Je ne voulais pas la transformer en rat. Ce n'était pas intentionnel. Je suppose que tout le monde a peur de moi maintenant.

Professeur Antique : Disons qu'ils se méfient, ils craignent de t'énerver et de provoquer ta colère. Veux-tu prendre des cours en accéléré avant tes camarades pour apprendre à te contenir ?

Selen : Je croyais que les cours débutaient lundi ?

Professeur Antique : Oui mais tu es un cas de force majeur. J'en parlerais aux professeurs qui accepteront volontiers. En revanche, essaie de canaliser ta colère, nous ne sommes pas tes ennemis mais tes amis. Nous sommes là pour t'aider à appréhender la vie de la meilleure des façons. D'accord Selen ?

Celle-ci hocha la tête. Il s'était relevé pour la ramener vers la sortie mais elle lui dit : « Qu'a pensé Alek de moi après ce qu'il s'est passé ? »

Professeur Antique : Il n'a pas compris mais il s'inquiète beaucoup pour toi. Tu as de la chance d'avoir un très beau jeune homme qui tient à toi autant, ne gâche pas cela. Contrôle toi ! C'est le plus important !

Selen lui sourit. Elle sortit et retrouva Egan, Alexine et Alek qui l'attendaient derrière la porte. Ces derniers furent mis au courant de la discussion et prévinrent rapidement les enseignants de l'Académie des cours accélérés à débuter plus tôt que prévu.

Selen ne savait plus comment se tenir face à Alek, celui-ci le ressentit et lui dit : « Comment ça va ? Veux-tu que l'on discute de ce qu'il s'est passé tout à l'heure ? »

Selen : Je suis désolée de ce que j'ai fait à cette fille, ce n'était pas volontaire. Je ne savais même pas qu'en levant les bras, cela engendrerait autant de catastrophes. Avant que je n'arrive ici, je levais les bras et cela ne faisait rien. Cet endroit m'a changé. Et en plus, il y a pleins de mystères autour de moi, ma famille et ma naissance, c'est très pénible. Tu m'en veux ?

Alek la sentait mal, il était évident qu'elle vivait mal cette situation. Il ne l'avait jamais vu ainsi et cela l'attristait. Il lui dit : « Non, mais tâche de ne pas recommencer. Elle a été très choquée ! Mais tu sais, même si d'autres filles me complimentent, je n'ai d'yeux que pour toi, Selen. Tu le sais, non ? »

Selen : Oui. Pardon encore.

Il lui prit la main et ressenti un fluide coulait très vite. Il l'approcha de lui et constata que ses mains avaient changé de couleur et étaient un peu plus fines qu'à l'accoutumée. Il le lui fit remarquer. Alors qu'elle réalisait ce changement, ils virent apparaitre une bague ornée d'une émeraude sur l'un de ses doigts. La pierre brillait très fortement, les illuminèrent et les firent disparaitre de l'enceinte de l'Académie.

Ils atterrirent dans un désert au milieu de nulle part. La pierre brillait toujours aussi fort, toutes les cinq minutes environs ils changèrent de lieux, de temps et d'espaces. Que se passait-il ? Quel était le message à comprendre ? Y avait-il un rapport avec toutes les questions précédentes que Selen avait posé au Professeur Antique ?

6

Alexine et Egan sortirent rapidement du bureau du doyen mais arrivèrent trop tard. Ils cherchèrent partout leurs protégés mais ne les trouvèrent nulle part.

Ils décidèrent de se séparer pour maximiser leurs chances, Alexine retourna dans la chambre commune des filles, elle constata que tout était resté à l'identique. Elle retrouva les filles qui discutaient, encore et toujours, de Selen et de ce qui s'était produit un peu plus tôt.

Elle les interrompit et leur dit : « Avez-vous vu Selen ? »

Sally : Non pas depuis l'incident de tout à l'heure. Pourquoi ?

Alexine : Elle a disparu avec Alek. Si jamais vous les voyez ou entendiez quelque chose, venez vite m'en parler, d'accord ?

Sally : Ça a l'air grave ! Que se passe-t-il ?

Alexine : Je ne sais pas, depuis que Selen est arrivé, il semble que l'Académie ne soit plus aussi sûre qu'auparavant. Cela me rappelle une période plus sombre. Je vous laisse, je vais rejoindre Egan et continuait nos recherches ensembles.

Sally : Est-ce qu'on peut chercher avec vous ?

Alexine : Cela va être l'heure du repas de toute façon, allez-y je vous accompagne et ensuite je retournerais à mes occupations.

Les filles hochèrent la tête. Elles prirent leurs affaires et la suivirent. Alexine les emmena à la grande salle à manger et elles y retrouvèrent tous les autres étudiants et étudiantes des autres étages et niveaux de l'Académie, tous ne parlaient que d'une seule chose, ce qui pouvait bien se passer dans l'enceinte de l'Académie et les raisons qui avaient poussé Selen a s'emporter de la sorte envers sa nouvelle amie, etc.

Alexine et Egan les écoutèrent quelques minutes et savaient que plus le temps passait, moins c'était bon pour eux. Ils retournèrent dans la chambre commune où Selen était censée se trouver.

Grège ne dormait plus depuis la disparition de sa sorcière, il dit : « L'a-t-on retrouvé ? »

Egan : Non, pas encore mais Alek aussi à disparu.

Grège : Je pense qu'il est temps que j'intervienne pour lui porter secours et tenter de la canaliser un peu, vous ne croyez pas ?

Egan regarda Alexine et se comprirent sans prononcer un seul mot. Grège ajouta : « Ce serait bien que le chatanagra d'Alek vienne avec moi, on n'est pas censés rester loin d'eux, surtout lorsqu'ils sont en dehors d'ici, vous le savez mieux que moi… »

Egan hocha la tête, Grège sauta sur l'épaule d'Alexine et les suivit dans le dortoir de ce dernier. Ils retrouvèrent Vif, le chatanagra d'Alek qui commençait à sérieusement se languir de ce dernier.

Grège sauta vers lui et lui dit : « Nous allons à la recherche de nos sorciers, ils ont disparu et ne sont plus dans l'enceinte de l'Académie. »

Vif miaula en guise d'accord. Ils emportèrent avec eux les plumes des deux nouveaux étudiants. Une fois qu'ils les auront retrouvés, ils en trouveraient l'utilité rapidement. C'était entendu !

Egan et Alexine leur dirent : « Faites attention à vous, d'accord ? Pas d'imprudence et ils les mirent dans la confidence des derniers éléments qu'ils avaient en leur possession concernant Selen. Les deux chatanagras ne dirent rien. Leurs destins étaient liés à leur sorcier quoi qu'il arrive, parce que ce n'était pas un hasard s'ils avaient choisi le lit sur lequel ils se trouvaient. Le chatanagra coïncidaient parfaitement avec le ou la sorcière qui s'installait là où il se trouvait. C'était un signe de bonne entente.

Ils savaient ce qu'ils avaient à faire, ils se donnèrent la patte et disparurent de devant les tuteurs.

Pendant ce temps-là, Selen soutenait Alek qui se sentait mal dans ce désert brûlant. Elle se concentra et fit apparaitre de l'eau et de quoi se restaurer.

Elle le fit boire dans ses mains et lui mouilla le visage pour le rafraichir. Lorsqu'il se sentit un peu mieux, il se redressa et la remercia, il mangea la nourriture et put enfin se relever complètement. Il lui demanda d'où cela venait et elle lui dit : « Je me suis concentrée et l'ai fait apparaitre pour que tu reprennes des forces. Ça va mieux maintenant ? »

Alek : Oui, je te remercie, tu as un sacré pouvoir en toi, je le ressens très fort. Où sommes-nous ?

Selen : Je ne sais pas. Mais pendant que tu étais allongé, j'ai observé les alentours et je crois savoir pourquoi on est là. Parce qu'on n'a pas cessé de changer de lieu mais finalement on est revenus au point de départ. Et je pense que ça a peut-être un lien avec mes suppositions concernant Vipérin. J'en suis presque sûre.

Alek : De quoi s'agissait-il ?

Selen lui raconta alors toute sa discussion avec le Professeur Antique et également son enlèvement par Vipérin en personne.

Alek : Tu n'as pas eu peur ?

Selen : Non, il fallait le voir l'imbécile... Il se croit fort mais je le suis plus que lui !

Alek : Tu m'impressionnes tu sais !

Selen : Du moment que je ne te fais pas peur, alors tout va bien. Te sens-tu de m'accompagner ? Nous allons avancer un peu pour voir si l'on voit quelque chose d'intéressant !

Alek : Oui bien entendu, j'irai où tu iras Selen, tu le sais non ?

Selen : Tu m'aimes toujours ?

Alek : Oui, les sentiments ne partent pas comme ça. Mais s'il-te-plait, tente de contrôler tes pouvoirs, cette fille n'avait rien fait.

Selen : Oui, je sais.

Il marchait depuis quelques minutes lorsqu'elle aperçut les serpents, araignées et scorpions un peu plus loin dans le sable. Ils semblaient mal en point, ils avaient été battus et torturés. Elle se pencha et leur dit : « Mais qui vous a fait ça ? »

Personne ne lui répondit. Elle allait agir mais elle entendit : « Non, ne fait pas ça. Viens vite avant que tu ne te fasses attaquée à ton tour. Emmène avec toi ton ami, vite ! »

Selen et Alek le suivirent et se retrouvèrent dans un nouveau monde entouré de grosses planètes et d'astres scintillants. Ils rentrèrent dans une cabane et lorsqu'ils prirent place, ils découvrirent qui ils avaient en face d'eux. Selen comprit immédiatement que les tombeaux n'étaient que des illusions et que les ficelles étaient tirées par les concernés directement. Mais dans quel but ? Pourquoi était-elle au centre d'une nouvelle guerre qui se préparait depuis de nombreuses années contre l'Académie ? Quel rôle avait-elle a joué dans tout cela ? Et Alek ?

Elle allait enfin pouvoir obtenir d'autres réponses à ses questions, en tout cas, elle l'espérait...

7

Selen mit les pieds dans le plat immédiatement. Elle dit : « Bon, maintenant que nous sommes face à face, vous allez m'expliquer qui je suis et pourquoi je me retrouve au milieu de cette guéguerre entre Vipérin et l'Académie ? Et pourquoi vous avez simulés votre mort ? »

Armance prit la parole : « Nous avions hâte de te rencontrer Selen. Tu es notre digne héritière. Il y a, comme tu as pu le constater, tous pleins de secrets autour de ta naissance et de ta famille. »

Selen soupira. Rick prit la suite : « Nous avons fondés l'Académie avec Chardri et Rita ci-présents et tout allait bien en ce temps-là. Nous avons eu nos enfants respectifs et nous leur avons appris la bonté, la bienveillance, l'amour et l'entraide. La première génération a suivi nos traces, la seconde également, ce n'est qu'à partir de la troisième que les choses ont commencé à se compliquer. Vipérin est né et a refusé de suivre car il était tombé amoureux de l'arrière-petite-fille de nos amis fidèles Armance et Rick. »

Rita prit la suite : « Mais cette arrière-petite-fille ne l'aimait pas, il aurait voulu l'obliger à l'épouser et à fonder une famille, nous avons compris qu'il n'allait pas lâcher le morceau facilement alors nous lui avons fait passer des tests pour voir jusqu'où il était capable d'aller. Il a refusé et a disparu en même temps que celle qu'il aimait. »

Selen les coupa et leur dit : « Très bien mais qui était cette fille qu'il aimait et que viens-je faire dans cette histoire ? »

Chardri poursuivit : « Cette fille est ta mère Selen, nous sommes sûrs et certains que lorsqu'elle a disparu pendant quelques temps, c'est qu'il l'a kidnappé et nous doutons que ta mère en n'est seulement des souvenirs. »

Selen : Vous êtes en train de me dire que je suis votre descendante à vous quatre les fondateurs de l'Académie ?

Rita et Armance l'entourèrent et lui dirent tout doucement : « Que ressens-tu depuis que tu es là ? »

Selen : Je n'en sais rien. Honnêtement depuis que je suis arrivée à l'Académie, j'ai beaucoup de colère en moi.

Rick : Ce n'est pas étonnant.

Selen : Mais attendez ? Cela veut dire que je suis issue d'un viol ?

Rick : Nous ne savons pas.

Selen : Super de mieux en mieux. Je sais comment je vais faire pour savoir. Je vais ramener ma mère ici et nous allons lui poser la question.

Armance : Non, personne ne doit savoir que nous sommes toujours vivants, à part Alek et toi.

Selen : Pourquoi ?

Armance : Parce que nous referons notre grande entrée au moment voulu.

Selen : Mais quand est-ce que ma mère a connu mon père alors ? Elle était déjà enceinte ?

Rick : Nous n'avons pas ces informations-là. Mais c'est pour cela que tu tiens autant de nous et de Vipérin.

Selen : À son propos, je reste convaincue qu'il a un supérieur. Cela ne se peut autrement, qui lui aurait appris la magie noire alors ?

Rick : Si c'est le cas, nous ne sommes pas informés.

Selen : À part à mon sujet, que savez-vous alors ?

Rita : Doucement Selen, inutile de nous agresser. Nous répondons aux informations que nous avons.

Selen : Oui mais c'est parce que pour moi ça fait un choc aussi, j'apprends que je ne suis peut-être pas la fille de mon père, que Vipérin l'est probablement, que je suis peut-être le fruit d'un abus et que ma force magique est issue d'une vilénie. Comment voulez-vous que je me sente ?

Armance : Tu as raison, ça fait beaucoup d'un coup. Mais tu es plus forte que ce que tu penses, tu arriveras à dépasser ces données-là. Nous en sommes persuadés.

Alek ouvrit la bouche pour la première fois : « Puis-je poser une question ? »

Chardri : Bien sûr, Alek. Nous t'écoutons.

Alek : Et moi ? Qui suis-je dans toute cette histoire ?

Rita : Tu es l'élu destiné à être avec notre arrière-petite-fille commune, Selen. Cela a toujours été ainsi, c'est inscrit dans les clés du Royaume du destin d'où tu proviens au départ.

Alek : Mais je croyais que tout ça avait disparu ? C'est ce qu'avait montré le Professeur Antique à Selen.

Rick : Oui c'est vrai mais c'est parce que le monde a changé d'emplacement. Il n'est plus là où tu l'as connu, il s'est déplacé dans le temps et les espaces. À présent, il s'est rapproché d'Illusions.

Alek : Pourquoi ça ?

Rick : Pour vous permettre de réaliser votre destin.

Alek : Mais comment mes parents se sont retrouvés à la tête de ce château ?

Rick : C'est une longue histoire en lien avec Vipérin. Tes parents appartiennent à une lignée de sorciers destructeurs mais ils ont vu des avantages à rejoindre ce dernier pour obtenir encore plus de bénéfices liés à leur condition de sorcier. Ils harcelaient régulièrement Vipérin afin d'obtenir ce qu'il leur avait promis. Bien entendu, pour lui, il n'en était pas question, du coup pour les faire patienter, il leur a fait croire qu'être à la tête de ce château aurait des effets positifs sur leur vie, qu'ils pourraient contrôler leur monde, etc. Vipérin s'en est d'une certaine façon débarrassé, ni vu ni connu. Ils ont traversé des phases compliquées et ils étaient toujours en contact avec les autres partisans de Vipérin. Ils ont ouïe dire que les parents de Selen se trouvaient en difficultés alors ils ont fait semblant de leur rendre service, vous laissant prendre les rênes du château et rejoignant rapidement Vipérin pour la suite des évènements. Ce qu'ils n'avaient pas vu venir c'est que le personnel du château avait été envoyé plus tôt par le Professeur Antique pour vous sauver. Car oui, ils vous suit depuis vos naissances respectives, mais il n'a pas toutes les réponses comme nous pouvons vous les apporter.

Alek n'en revenait pas, il se leva et fit le tour de la cabane. Il se sentait presque au bord d'un vertige, comment ses parents avaient-ils bien pu devenir aussi pourris ? Il était écœuré.

Selen reprit la parole : « Bon, maintenant que l'on sait tout ça, qu'est-ce qui va se passer ? »

Rita répondit : « À présent, vous allez continuer votre enquête de votre côté, c'est plus prudent. Vos chatanagras vont vous rejoindre, ils sont déjà dans le désert. Sachez que vous les avez choisis au moment où vous avez choisis le lit sur lequel vous passerez vos nuits. Les chatanagras sont l'équivalent de vos doubles, tant au niveau du caractère qu'au niveau du comportement. »

Alek : Mais nous devions commencer les leçons à l'Académie dès lundi !

Armance : Oui, normalement. Mais votre arrivée à tout précipité. Vipérin prépare depuis quelques années maintenant une nouvelle attaque qui devrait être très forte contre l'Académie, il a l'espoir qu'avec Selen à ses côtés, il vaincra tout ce que nous avons construit et les valeurs que nous avons voulu transmettre. Vous devez savoir que nous l'avons renié. Bien entendu, il est un descendant de

Chardri et Rita mais il a commis trop d'actes atroces et impardonnables.

Alek : C'est clair, je ne lui pardonnerai pas d'avoir fait vivre tous ces horreurs à Selen et à tous ceux qui n'ont rien demandé. Je rejoins Selen, je pense qu'il a un Supérieur. Mais où est-il et qui est-il surtout ?

Selen se leva à son tour et lui dit : « Tu sais ce que nous allons faire ? Nous allons jouer à son jeu ! »

Alek : Que veux-tu dire par là ?

Selen : Nous allons faire semblant de le rejoindre, nous allons le surveiller et l'épier pour traquer ses moindres faits et gestes. Quel meilleur moyen que celui-là pour apprendre à combattre le mal et à devenir des adultes responsables ? Nous allons être aux premières loges pour l'arrêter dans sa quête de destruction et de folie !

Alek : Je ne sais pas Selen, cela peut-être dangereux.

Selen : Avec moi, crois-moi tu ne risques rien. Je ne le laissera pas te toucher.

Armance s'approcha et lui dit : « Tu es notre digne descendance, tu as pris tous les traits de caractère que nous voulions que nos descendants reçoivent et tu as récupéré la force de caractère de cet affreux sorcier, ton impulsivité, ta colère et tes frustrations viennent de Vipérin. Toutes ces qualités et « défauts » si utilisés à de bonnes fins, font de toi notre meilleure chance de voir s'éteindre la lignée de Vipérin et de sa clique de fous furieux ! »

Selen la prit dans les bras et fit de même avec tous ses arrière-grands-parents. Ils ressentirent tous, elle compris, une connexion forte et indestructible. Ses mains avaient repris leur taille normales par contre, elles avaient toujours une autre couleur, un beau bleu/mauve.

Elle leur dit : « Savez-vous pourquoi mes mains sont ainsi ? »

Armance lui montra les siennes et lui dit : « C'est le signe que tu es ma descendance, cela a toujours été ma particularité. Cela ne m'étonnerait pas que tu en découvres d'autres et que cela te rattache à Rick, Rita et Chardri. Fais bien attention à vous, soyez prudents, Vipérin ne doit rien soupçonner ! »

Alek hésitait encore alors Rita lui dit : « Ne t'en fais pas, tu es droit, gentil et honnête et tu as toutes les qualités et capacités nécessaires à cette mission, de plus tu n'es pas seul. J'ai une entière confiance en toi et je ne suis pas la seule. Vous serez suivis et accompagnés à distance d'ici. Au moindre problème, nous interviendrons. Vos chatanagras seront également à vos côtés. »

Alek la remercia et se rappela : « Mais au fait, pourquoi les serpents, araignées, scorpions se trouvaient là ? »

Chardri : Ils n'étaient qu'une illusion, une de plus. C'était un signe pour Selen et qu'elle nous trouve plus facilement.

Les deux adolescents hochèrent la tête.

Les quatre arrière-grands-parents leur dirent : « Une fois que vous aurez réglé toute cette histoire, on pourra dire que vous serez devenu de beaux et forts adultes, cette mission périlleuse prévaut sur tous les examens que vous auriez passés dans l'Académie avec vos camarades, alors ne regrettez rien et n'oubliez pas d'utiliser votre cœur pour poursuivre votre route, vos rêves et vos espoirs. »

Ils répondirent uniquement par un sourire, ils sortirent et se retrouvèrent immédiatement dans le désert.

Ils marchèrent quelques mètres et se retrouvèrent face à leurs chatanagras. Ces derniers sautèrent sur leur épaule et leur tendirent leur plume. Celle-ci s'agrandit instantanément et leur dit : « Grimpez sur nous, on ira plus vite, nous sommes l'équivalent du balai de sorcière mais en plus élaboré et plus classe ! »

Selen et Alek se regardèrent et celle-ci finit par dire : « Je trouve la magie incroyable, tu ne trouves pas Alek ? »

Alek : Oui c'est fou, jamais je n'aurais cru voler sur une plume aussi douce, aussi belle et vivante !

La plume de Selen s'appelait Penny tandis que celle d'Alek se nommait Rémige.

Les plumes leur dirent : « Quelles sont les dernières informations ? Et où devons-nous aller ? »

Selen raconta alors toutes les nouvelles qu'ils avaient eues. Les chatanagras ainsi que les plumes ne dirent rien, mais tous avaient, à présent, le même objectif, détruire

Vipérin et ses sbires pour de bon et retrouver une vie normale.

Penny et Rémige se soulevèrent et leur dirent : « Accrochez-vous, nous allons décoller ! »

Alek caressait sa plume qui avait un fin duvet sur toute sa surface, elle était recouverte de motifs et de points de toutes les couleurs. Son coloris était beige tendant sur le marron. Elle était vraiment très belle et douce.

Penny, quant à elle était d'un blanc éclatant, avec à sa pointe, des petits ronds de couleurs.

Ils volaient à bonne allure et en l'espace d'un clignement d'œil, ils se retrouvèrent dans un nouveau monde.

8

Penny et Rémige se posèrent sur le sol et laissèrent leurs sorciers descendre. Ces derniers contemplaient les environs. Grège et Vif également. Le monde sur lequel ils avaient atterri était brûlé, il semblait qu'il y avait eu des incendies. Tout était encore fumant. Que s'était-il passé ?

Selen ressentait beaucoup de douleurs, Alek lui prit la main et la serra fort. Ils se dirigèrent ensembles vers un puit non loin et se penchèrent pour regarder au fond. Ils n'aperçurent rien de prime abord mais les ressentis d'Alek étaient de plus en plus fort, il se tourna vers Rémige et lui dit : « Il va falloir descendre, je suis certain qu'il y a des rescapés, il faut les aider, il faut les sauver ! »

Rémige hocha la tête, il grimpa sur elle, Selen également et ils parcoururent doucement mais sûrement les profondeurs du puit. Ils y retrouvèrent plusieurs familles de fermiers grelottant et apeurés. Ils les aidèrent à sortir de là, Selen se concentra et fit reconstruire des abris confortables avec le nécessaire pour qu'ils ne restent pas sans rien. Puis elle leur dit : « Maintenant, dites-nous qui vous a fait ça ? Et ce qu'ils voulaient ? »

L'un d'eux dit : « Il s'agissait des acolytes de Vipérin, ils recrutent des partisans. Ils ont obtenu pas mal de refus notamment des Pivots, des Coupe-Choux, des Rifs.

Alek : Qui sont-ils tous, je n'en ai jamais entendu parler ?

Le fermier répondit : « Les Pivots sont les arbres guerriers, défenseurs et champions des mondes en combat de défense, ce sont d'immenses arbres que l'on croirait morts si l'on ne les connaissaient pas bien, ils ont l'air féroce, ils portent des armures lourdes et si épaisses que l'on ne peut pas les briser. Ils vivent non loin d'Illusions. Ils ne sont pas très sociables et d'après les sbires de Vipérin, ils ont refusé de les rejoindre. Ils ne combattent que pour leur propre compte.

Les Coupe-choux vivent sur le monde Dague, ils ressemblent à de grands poignards, leur manche est entr'ouvert pour laisser apparaitre leurs jambes musclées et leurs lames est aiguisée au point qu'ils leur suffit de vous frôler pour vous tuer. Ils sont eux aussi très grands et s'entraînent de génération en génération à mieux combattre. Et enfin, les Rifs sont des feux, des flammes avec des yeux ébènes et un regard qui fait froid dans le dos.

Alek : Et je suppose qu'ils vivent tout autour du monde Illusions ?

Le fermier : Oui, ils sont les protecteurs de l'Académie entre autres chose. En échange, ils obtiennent ce qu'ils veulent.

Selen : Depuis quand existent-ils ?

Le fermier : Je ne sais pas trop mais depuis que je suis petit, j'en entends parler, donc à mon avis, cela fait un bail qu'ils existent. Que comptez-vous faire ?

Selen : Nous devons trouver Vipérin. Mais je sens qu'il nous faut faire un petit détour par nos trois alliés dont vous venez de parler.

Alek : Pourquoi ?

Selen : Ils peuvent nous être utiles dans notre quête. Je le sens bien. Ne t'en fais pas. Et puis de toute façon, ce n'est qu'un petit contretemps.

Alek hocha la tête. Elle laissa des vivres aux habitants et fit des protections pour qu'ils ne soient plus déranger.

Selen et Alek remontèrent sur leurs plumes et celle-ci dit à son amoureux : « Tu sais, tu peux utiliser la magie, toi aussi tu es un magicien ! »

Alek : Je n'ai rien appris, je ne sais pas faire.

Selen : Fais toi confiance, regarde, je pensais qu'il faudrait des baguettes mais en fait, tout se passe dans la tête, en tout cas, pour moi ça fonctionne. Je suis sûre que tu peux y arriver, essaie de faire apparaitre un verre d'eau.

Alek hocha la tête et se concentra mais rien ne vint. Il semblait dépité. Selen se mit debout sur Penny et l'incita à faire pareil sur Rémige. Elle lui donna la main et lui dit : « Concentre-toi, pense à ton verre d'eau, souhaite l'avoir dans ta main et lorsque je te le dirais, tu ouvriras les yeux et tu le trouveras. »

Alek ferma les yeux, se concentra, visualisait le verre et rouvrit les yeux mais ne trouva rien. Il lui dit : « Laisse-tomber je suis nul, je ne suis même pas capable de faire apparaitre un verre d'eau. »

Selen : Ne t'inquiète pas, ça viendra. Je suis sûre que si tu n'avais pas le choix, tu l'utiliserais ta magie, ça viendrait naturellement. C'est une question de temps !

Alek : Toi, tu l'as naturellement.

Selen : Oui mais vu mon hérédité, pas étonnant. J'aimerais en revanche, ressentir moins de colère, moi c'est le contraire, je l'utilise facilement mais cela engendre des dégâts que je ne souhaite pas au départ. Je ne la contrôle pas assez. Mais tiens, j'y pense, peut-être que c'est ça le problème ! Peut-être souhaites-tu la contrôler trop ? Laisse-lui de la place dans ta vie, nous ne sommes pas de simples mortels, nous sommes des magiciens. Et nous pouvons l'utiliser à bon escient comme ils voulaient nous l'apprendre à l'Académie. Allez concentre-toi, mais surtout détends-toi, dis-toi que l'utilisation de la magie est un plaisir et que cela permet d'aider, de rendre service, d'aimer et d'apporter du bonheur aux autres, détends-toi, respire longuement et pense aux bienfaits que tu pourras apporter en l'utilisant. Quand tu te sens prêt, répète à haute voix : « Verre d'eau » plusieurs fois et offre-le aux enfants qui nous regardent.

Elle s'arrêta de parler et l'observa. Il se concentrait et se relâchait peu à peu, ce n'était pas un exercice facile mais il y parvint, aidé de Vif et de Rémige. Au bout d'un temps assez long, il répéta les mots en question et alors qu'il avait l'impression que cela n'avait pas fonctionné, il rouvrit les yeux et se tourna vers cette dernière qui souriait.

Il suivit son regard et découvrit que les enfants buvaient goulument dans les verres d'eaux qui venaient à eux sans effort.

Selen le félicita longuement, il lui dit : « Eh mais ça a marché ! C'est grâce à toi, j'ai réussi pour la première fois ! Quel effet dingue ! »

Le fermier s'adressa à Selen : « Félicitations mademoiselle, vous êtes un très bon professeur, vous pourriez enseigner à l'Académie ! »

Selen : Je vous remercie. Maintenant que mon bien-aimé a réussi à l'utiliser, nous allons pouvoir nous envoler. Je vous souhaite une bonne continuation !

Le fermier les remercia et ils s'envolèrent rapidement.

Ils ne tardèrent pas à trouver les trois mondes des Pivots, des Coupe-choux et des Rifs. Ils se posèrent dans un entre-deux monde et Selen fit apparaitre un haut-parleur, elle l'alluma et dit dans leur direction : « Bonjour à tous, je me nomme Selen, je viens à vous pour que l'on discute des évènements à venir, je sais que vous avez été visités par les acolytes de Vipérin, je souhaiterais que l'on discute affaire. Alors si les meneurs de chacun de vos mondes pouvaient s'avancer vers le point central où nous nous trouvons, j'apprécierai bien. Nous sommes là en tant qu'amis et alliés et non en tant qu'ennemis, nous sommes issus de l'Académie magique. »

Elle éteignit rapidement son haut-parleur et attendit un peu. Alek l'admirait de plus en plus. Il réalisait que sa chérie n'était pas seulement la jeune fille gentille et passionnée qu'il croyait mais bel et bien, une guerrière avec un fort caractère pas toujours facile à suivre mais qu'il était fier d'elle, d'être son prétendant. Il mesurait la progression de leur état, lui qui se croyait juste être un prince, il en avait découvert des faits incroyables depuis l'arrivée de Selen dans sa vie. Il se souvenait parfaitement du jour où elle était descendue de la calèche et avait posé son pieds sur le sol du château, son cœur s'était emballé, il n'avait jamais vu pareilles jeunes filles, il savait à cet instant précis qu'il l'aimerait toujours. C'était un sentiment qui ne l'avait pas quitté, même si l'incident à l'Académie avec l'autre fille, l'avait un peu refroidi, il avait eu connaissance des raisons et cela lui avait suffi pour réaliser à quel point, celle dont il était tombé amoureux était exceptionnelle. Il se sentait chanceux de se trouver à ses côtés, elle lui avait déjà tant appris et il savait que cela n'était que le début. Il ressentait en elle, un besoin de faire ses preuves, un besoin de revalorisation, une envie de se dépasser, d'aller au-delà des possibilités, comme si elle disait à son passé, à son présent et à son avenir que c'était toujours elle qui était maitresse de son destin.

De penser à cela, lui fit rappeler ce qu'avaient dit les arrière-grands-parents de celle-ci : que tout était inscrit dans les clés du destin, alors peut-être qu'ils auraient plus d'informations s'ils les trouvaient ? Peut-être devaient-il les récupérer avant Vipérin, peut-être que cela les aideraient à aller plus vite dans leur quête ? Il fallait qu'il lui en parle. Mais pour l'heure, les trois meneurs de chaque monde les avaient rejoints et discutaient avec Selen.

Celle-ci dû se lever sur sa plume pour paraitre un peu moins minuscule. Elle leur dit : « Je vous remercie de nous avoir rejoints, j'avais à vous parler, nous allions en direction de Vipérin et nous sommes tombés sur un monde où tout avait été brûler, des paysans et fermiers qui avaient été jetés dans un puit, nous les avons libérés et remis en état, nous avons appris d'eux que ceux qui leur avaient fait cela revenaient bredouille. Il semble qu'ils étaient venus vous trouver pour vous demander de rejoindre leur cause. Est-ce vrai ? »

Le meneur Pivot dit : « Oui, pour notre part. Et au vu des têtes de mes deux autres compères ci-présents, on peut en déduire que c'est affirmatif pour eux aussi. »

Selen : Accepteriez-vous de rejoindre ma cause et celle d'Alek ?

Le meneur Rif : Qui es-tu ? Et d'où viens-tu ?

Selen : Je suis la descendante d'Armance et Rick, de Chardri et Rita. C'est une longue histoire mais je lutte contre Vipérin qui a, lui aussi, tenté de m'enrôler et que j'ai envoyé balader. Il a gâché ma vie. Mais pas seulement la mienne, celle de beaucoup d'autres, je sais de source sûre qu'il prépare une attaque importante contre l'Académie, donc nous devons être plus nombreux pour l'empêcher d'aller jusqu'au bout. Pourrais-je vous compter parmi nous ?

Ils se regardèrent. Ils finirent par dire : « Oui, nous te suivrons. Tu as du cran. »

Et s'adressant à Alek : « C'est ta fiancée ? »

Alek : Bientôt je l'espère. Peut-être après toutes ces histoires.

Ils sourirent et ajoutèrent : « Nous avons connus feu tes ancêtres et nous n'avons plus jamais retrouvés aucun de leur descendant comme eux, mais toi tu fais l'exception, d'ailleurs tu as les mains comme Armance. »

Selen leur souriait, elle se sentait à l'aise parmi eux. C'était évident qu'elle était dans son élément. Ils ajoutèrent : « Tu as un grand pouvoir, tu pourrais être très dangereuse, c'est sans doute pour cela que Vipérin, qu'il soit maudit, à souhaiter que tu le rejoignes ! »

Selen : Je sais, il l'a souhaité après que je l'ai fait brûler par mes yeux qui ont fait jaillir des flammes.

Le meneur Rif éclata de rire et finit par dire : « Excellent ! J'aurai aimé voir ça ! »

Selen : Aucun souci, vous allez pouvoir y assister. Elle se concentra et fit apparaitre une bulle de vision du passé. Ils purent à loisir la revoir en train de l'enflammer. Ils éclatèrent de rire. Alek lui dit : « Tu es incroyable ! »

Selen : Toi aussi, aie davantage confiance en toi, tu es exceptionnel, laisse ton don, tes capacités sortir, tu verras que tu seras étonnant toi aussi ! J'ai confiance en toi, tu peux le faire aussi !

Les trois meneurs retrouvèrent leur sérieux et ajoutèrent : « Nous protégeons déjà l'Académie, que veux-tu que l'on fasse pour toi ? »

Selen : Non pas pour moi, mais plutôt avec moi. Nous sommes égaux.

Ils hochèrent la tête. Elle les mit dans la confidence de ses plans et ils acceptèrent de jouer le même jeu. Ainsi, elle ne repartirait pas seulement avec Alek auprès de Vipérin mais bien avec du beau monde. Trois jeunes des différents mondes qu'elle était venue trouver.

Ils lui dirent : « Comment saurons-nous ? »

Selen fit apparaitre une soucoupe transparente et ajouta : « À chaque fois que j'aurai du nouveau, je vous ferai apparaitre les informations. Ainsi, vous n'aurez qu'à vous préparer au mieux pour le moment fatidique. Je vous préviendrai s'il y a du changement, mais à partir de maintenant, vos trois espions devront m'obéir, c'est d'accord ? »

Ils hochèrent la tête. Elle ajouta : « N'en dites pas un mot au doyen ou à qui que ce soit de l'Académie ! Il ne faut pas qu'ils se doutent de quoi que ce soit, cela pourrait mettre en péril nos actions. »

Ils se mirent d'accord. Avant de les quitter, Alek dit : « Attends Selen, j'ai pensé à quelque chose d'important ! Nous devrions peut-être chercher les clés du Royaume du destin, d'où je viens au départ, parce que rappelle-toi ce qu'avaient dit tes arrière-grands-parents, le fait que tout était inscrit dans ces clés-là. Si nous parvenions à les trouver, peut-être que nous aurions des réponses à nos questions et surtout des solutions sur comment vaincre Vipérin ! »

Selen : Tu as raison, je n'y avais pas pensé. Du coup, il faut revoir nos plans. Il faut être plus rusés que lui, il faut que nous ayons un coup d'avance sur ses plans pour mener la danse.

Les Coupe-Choux réfléchissaient et dirent : « Et si nous envoyions nos espions auprès de Vipérin ainsi lorsque, après avoir récupérer les clés, vous les rejoindriez ils seraient à même de vous informer des nouvelles ? »

Selen : C'est possible pour vous ? Ou sinon, ils viendront avec nous et nous rejoindrons plus tard Vipérin.

Le Pivot dit : « Non, les Coupe-Choux ont raison, c'est plus prudent, en plus, cela fera moins suspect. Il ne se doutera pas du canular, il pensera que tu as réfléchi et que finalement tu as préféré son camps. Et que tu as même convaincu Alek. »

Selen regarda ce dernier qui hocha la tête en souriant. C'était entendu. Elle les remercia, ils se serrèrent la main, elle leur dit : « Comment vont-ils rejoindre le QG de Vipérin ? »

Le Rif : Tu peux les envoyer ?

Selen hocha la tête. Elle leur dit : « Soyez prudents, jouez le jeu, nous vous rejoindrons un peu plus tard, pour le cas où, tenez. »

Elle se concentra et fit apparaitre un billeton qu'ils prirent, ils levèrent la tête vers cette dernière qui leur dit : « Il s'agit d'un objet de mon invention, il vous suffira de dire un mot en lien avec nos histoires pour que j'ai l'information, si vous avez un problème, pensez-y très fort et je vous aiderais, d'accord ? »

Ils hochèrent la tête, les trois espions se nommaient respectivement Feulou, Tourillon et Chouet. Ils l'étreignirent rapidement et la remercièrent avant de disparaitre de devant eux et d'atterrir auprès de Vipérin.

Les trois meneurs souhaitèrent bonne chance aux deux jeunes sorciers qui repartirent rapidement vers l'ancien monde d'Alek.

9

Penny et Rémige s'arrêtèrent nettes. Elles dirent : « Maintenant comment on fait ? »

Selen : Comment on fait quoi ?

Penny : Pour aller là-bas, sans se faire remarquer !

Selen : Ah ça ! Je vais nous faire devenir invisible.

Elle se concentra un peu et leur dit : « Constatez par vous-mêmes, plus personne ne pourra nous voir ! C'est bien pratique, en fait ! »

Alek : Mais comment fais-tu ?

Selen lui sourit et ajouta : « Simplement. La prochaine fois qu'il y a besoin de magie, ce sera ton tour, comme tout à l'heure, d'accord ? »

Alek : Oui, d'accord. Mais ça risque d'être plus long que toi…

Selen : Hé, on ne fait pas une course pour savoir lequel est meilleur. Je n'ai pas de mérite, j'ai hérité des pouvoirs d'autres avant moi. Et puis, chacun avance à son rythme. Je ne te juge pas, je ne me moque pas de toi. Utilise la magie pour aider et soigner, peut-être que c'est ce qui te plait et c'est super comme ça. Donc concentre-toi sur ce qui te convient et entraine-toi jusqu'à ce que cela devienne naturel. Autant que de manger, de boire et de t'habiller, d'accord ?

Alek : D'accord, je te remercie, sans toi, j'aurais beaucoup plus de mal.

Selen : C'est aussi à ça que ça sert les amoureuses !

Elle lui fit un clin d'œil et un sourire. Il fondit davantage à ce moment-là.

Ils volaient bas, ils cherchaient une entrée dans l'ancien château des parents d'Alek.

Selen chuchota : « Vous ne sentez pas une odeur bizarre ? »

Tous se concentrèrent et finirent par grimacer. L'odeur était un mélange de souffre, de poubelles et de toilettes. C'était abominable !

Ils s'éloignèrent et Selen leur dit : « On va continuer à pied. Ce sera plus facile. »

Les chatanagras respectifs se posèrent sur l'épaule de leur sorcier, les plumes se rangèrent dans leur poche et les deux amoureux se donnaient la main. Alek se concentrait pour ne faire aucun bruit. Ils se trouvaient dans l'allée centrale du château, dans l'aile de droite où se trouvait de multiples salles, habituellement verrouillées.

Alek pensait que s'il existait des clés détentrices du destin de chacun, elles devraient se trouver dans l'une de ces pièces. Et il avait raison. Seulement voilà, pour y parvenir, il fallait un sésame. Qu'était-ce encore ?

Selen lui dit : « Réfléchis bien et repense au temps où tu vivais ici, n'as-tu pas vu l'un de tes parents, voire les deux, rentraient dans l'une de ces pièces ? Et si oui, comment faisaient-ils ? »

Alek s'éloigna un peu et tentait de se remémorer ces temps anciens. Il lui semblait que cela faisait des années lumières, il se rendait compte du chemin parcouru. Il repensait a beaucoup de choses mais rien ne lui revenait à ce propos. Il se sentait vraiment de trop, il se sentait nul face à l'intelligence dont faisait preuve sa chérie.

Il avait tendance à se rabaisser, ce qu'il ne savait pas c'est que Selen le ressentait. Elle lui dit : « Non tu n'es pas nul. Cesse de te croire inférieur à moi, nous n'avons pas le même parcours de vie, ni la même famille, et tant mieux d'ailleurs car sinon, nous ne pourrions pas être amoureux ! Allez reprends-toi ! J'ai besoin de toi, tu m'aides à me canaliser, je passe mon temps à me contrôler pour ne pas faire de faux-pas. Tu es mon pilier sur lequel je peux me reposer, je me sens bien à tes côtés, ne crois pas que tu ne serve à rien, car ce n'est pas vrai. Je t'aime tu sais ! »

Alek s'approcha d'elle et lui dit tout doucement : « Est-ce que je peux t'embrasser ? »

Selen hocha la tête. Ils fermèrent les yeux et dès que leurs lèvres se touchèrent, ils sentirent qu'ils n'étaient plus sur le sol mais qu'ils voletaient dans les airs. Lorsqu'ils eurent finis, ils redescendirent par terre, comme si de rien était. Il lui dit : « Je t'aime si fort. »

Selen posa sa tête sur son épaule, son cœur battait vite. Ils étaient faits l'un pour l'autre, aucun des deux n'avaient jamais ressentis ça pour qui que ce soit. Ils pressentaient qu'effectivement, cela faisait partie de leur destin.

Leurs chatanagras étaient mâle et femelle, eux aussi se rapprochèrent pour faire comme leurs sorciers. C'était adorable !

Selen profitait d'un petit répit lorsqu'elle vit une grosse clé par terre qui dépassait des portes scellées.

Elle dit à Alek : « Viens voir, je crois que j'ai trouvé comment rentrer ! »

Elle l'attrapa et celle-ci fusionna avec cette dernière. Alek s'en rendit compte et surpris, lui dit : « Ça va ? Où est passé la clé ? »

Selen : Je crois qu'elle est dans ma main, un peu comme une puce ou quelque chose de similaire, regarde si j'appose ma main sur les portes, elles s'ouvrent toutes. C'est fou !

Alek : Mais qu'est-ce qui a provoqué cela ? Pourquoi a-t-elle fusionnée avec toi ?

Selen : Je n'en sais rien mais dans l'immédiat, ça m'arrange. Allons voir l'intérieur.

Ils refermèrent la porte derrière eux et constatèrent qu'en fait, il s'agissait d'une unique et même grande salle qui avait plusieurs issues. Il n'y avait aucune lumière alors elle en fit apparaitre. Leurs chatanagras leur dirent : « Restez là, nous allons aller voir s'il y a du danger. On revient vite ! »

Ils se donnaient la main, ils observaient les alentours. Il y avait des colonnes de planchettes remplies de clés numérotées et rangées par ordre alphabétique. C'était impressionnant !

Selen allait s'avancer mais Alek la retint, il lui rappela ce que leurs chatanagras leur avaient dit. Ces derniers tardèrent à revenir ce qui fit comprendre aux deux adolescents qu'il se passait quelque chose. Ils prirent le parti d'aller à leur recherche, ils les découvrirent au-dessus d'une boîte dans laquelle se trouvait plusieurs clés, ils leur dirent : « Mais que faites-vous ? On vous attendez ! »

Les chatanagras se retournèrent et les attaquèrent, Selen protégea Alek en le bousculant sur le côté d'un rayonnage. Elle les repoussas fortement faisant trembler tous les rayons et en dispersant toutes les clés par terre. Elle appela Grège et Vif, et elle les retrouva muselés et enfermés dans deux petites boites. Elle les délivra et leur dit : « Oh mais c'est pas vrai, ils avaient une longueur d'avance sur nous, tu vois Alek, tu avais raison, il fallait venir ici avant toute chose, mais nous avons un train de retard, il est temps que l'on reprenne les choses en main. »

Alek retrouva Vif et le caressa longuement, il lui dit : « Comment ça va ? Ils ne t'ont pas fait de mal ? »

Vif : Non, mais je n'ai pas réussi à te protéger…

Selen retrouvait également Grège qui se collait à elle, celle-ci lui dit : « Pardon d'avoir échouer. »

Selen : Ne dis pas de bêtises, tu n'as pas échouer. J'aurais dû m'en douter, c'est moi la responsable.

Les plumes Penny et Rémige qui se trouvaient respectivement dans les poches de ces derniers sortirent et leur dirent : « Nous avons repérés les clés qui vous intéressent, allez les prendre et partons vite d'ici ! »

Selen suivit leurs indications et prit la boîte dans lesquelles se trouvaient les clés en question. Ils retournèrent rapidement aux entrées. Selen appliqua sa main dessus et la porte s'ouvrit sur un précipice. Ils basculèrent. Penny et Rémige eurent juste le temps de s'agrandir et de récupérer leur sorcier pour éviter une catastrophe. Où se trouvaient-ils maintenant ? Combien d'embûches allaient-ils encore devoir traverser avant de parvenir à leur fin ? Qui les faisaient ralentir ? Vipérin était-il derrière tout ça ?

10

Ils se trouvaient au milieu d'un océan agité. Un orage avait éclaté accompagné d'éclairs, de tonnerre, d'une pluie glaciale diluvienne et d'une lumière vive.

Alek était trempé, il commençait à ressentir le froid sur lui. Selen lui fit apparaitre un épais manteau imperméable avec une grande capuche qu'il enfila rapidement. Il se sentit mieux. Il la remercia et lui dit : « Et toi, tu n'en as pas besoin ? »

Selen : Je ne sais pas pourquoi mais j'ai l'impression que tout ceci n'est qu'une illusion. Une de plus. On commence à être habitués.

Elle leva les yeux au ciel, ils se trouvaient toujours sur leurs plumes qui luttaient contre le vent qui soufflait de plus en plus fort.

Selen s'agaça, elle se leva et leva les mains vers la source de lumière qui se trouvait au loin et qui lui donnait l'impression que cet orage venait de là. Elle récita un mot dans une langue inconnue et contre toute attente, les éclairs cessèrent, le vent et la pluie diminuèrent. Et tout se calma. Elle était trempée jusqu'aux os. Elle se sécha rapidement. Puis renforça Penny et Rémige afin de leur permettre de se remettre de leurs émotions. Idem pour Grège et Vif qui s'étaient réfugiés dans les cous respectifs de leurs sorciers.

Alek lui dit : « Mais comment as-tu fait ? Et comment as-tu su que cela venait de là ? »

Selen : Je n'en étais pas sûre, j'avais une chance sur deux. J'ai tenté et c'était la bonne. Tant mieux, au moins maintenant, on est au sec.

Alek : Tu m'as encore une fois impressionné !

Selen : Et toi aussi, tu m'impressionnes, tu sais ?

Alek : Pourquoi ? Je ne fais rien de prodigieux moi !

Selen : Si, tu gardes souvent ton calme alors que moi, je bouillonne. Je te l'ai déjà dit mais tu m'aides à me canaliser, sans toi je ferais sans doute beaucoup plus, n'importe quoi.

Alek : Tu dis ça parce que tu m'aimes…

Selen : Oui, je t'aime mais ce n'est pas pour ça, parce que si tu étais sans intérêt, si tu étais méchant, pourri et que sais-je encore, je ne t'aurais pas regardé et tu ne serais pas avec moi maintenant, ça je peux te l'assurer. Je t'ai choisi comme tu m'as choisis également.

Alek : Oui, on était fait pour être ensembles.

Selen : Exactement. Et j'ai bien l'intention de te garder pour moi. Je pense que si j'ai mal réagi avec cette fille à l'Académie, c'est parce que j'ai eu l'impression qu'elle voulait te voler à moi et je ne l'ai pas accepté. J'ai été jalouse en fait et c'est maintenant que j'ose te l'avouer. Ici, au milieu de nulle part. Je suis désolée.

Alek fondait de plus en plus, il lui dit finalement : « Tu es adorable, Selen. Je suis avec toi, je t'ai aimé immédiatement, même sans vraiment te connaître, et plus je passe du temps avec toi, plus je sens que tu m'étais destinée. J'ai la sensation que nous sommes proches et différents à la fois et c'est toute la beauté de notre amour. Parce que deux personnes identiques en tout point finiraient par se perdre au bout d'un moment, il faut des différences pour s'améliorer et avancer. Enfin, c'est comme ça que j'envisage l'amour.

Selen : Tant mieux, parce que moi c'est pareil. Donc tu ne m'en veux plus pour cet incident ?

Alek : Non. Je suis content de t'aider à te canaliser.

Selen : Tu fais bien plus que ça, tu es mon évidence, c'est indescriptible ce que je ressens, je sais qu'à tes côtés, je peux être moi-même, sans me cacher, que tu ne me jugeras pas et qu'au contraire, j'aurais ton soutien et ça, ça n'a pas de prix. Que demander de plus ? Que d'être accepté par la personne que l'on aime dans son entièreté, avec ses qualités et défauts et tenter de les modifier au fur et à mesure que le temps passe.

Alek : Tu es très mûre pour notre âge. J'en veux à nos parents d'avoir rejoints le camps de l'autre imbécile mais je les remercie quand même d'avoir monté ce plan qui nous a permis de nous rencontrer et que je connaisse l'amour fou.

Il lui tendit la main, la lui embrassa et la fit basculer en arrière, tout en lui retenant la tête, il plongea ses yeux dans les siens, elle se sentit légère et finit par les fermer quelques secondes, il souriait et l'admirait, elle était magnifique. Ses cheveux ondulés bruns retombaient sur sa poitrine, le reste de sa chevelure flottaient dans le vent, sa peau était blanche. Elle ne portait plus de robes royales mais bel et bien une jupe plissée noire qui arrivait aux genoux et un t-shirt beige. Elle avait des ballerines aux pieds ou quelque chose d'approchant. Il la releva et l'embrassa quelques minutes. Elle se détendit complètement dans ses bras. Ils se soulevèrent, comme la première fois et retrouvèrent leurs plumes qui les attendaient attendries.

Grège était aussi coquette que Selen et s'était collée à Vif et ils ronronnaient tous les deux. C'était vraiment adorable !

Après s'être rapprochés, Alek lui dit : « Je te promets que je vais trouver ma force magique, je serais à la hauteur. »

Selen : Je n'en ai aucun doute.

Elle le regardait avec les yeux de l'amour, lui aussi. Cela dura quelques minutes où plus rien n'existait. Ils seraient bien rester ainsi l'éternité entière mais ils furent interrompus par une armée de grands porcs guerriers, portant des armures faites à partir de cornes de cochons faibles tués, ils portaient des cuirasses qui couvraient leur poitrine et une partie de leur dos. Leur chef avait un bandeau sur un de ses yeux. Ils hurlaient tous en direction des deux sorciers et se trouvaient sur un navire à moitié mort.

Selen demanda aux plumes de quitter les lieux, elle se concentra mais rien. Le chef des porcs guerriers se nommait Pécari et hurla dans leur direction : « Vous ne pourrez pas vous sauver ! Nous allons vous éliminer ! »

Alek : Pourquoi n'as-tu pas réussi ta magie ?

Selen : Je ne sais pas. Essaie toi !

Alek ne s'attendait pas à cette requête mais vu l'urgence de la situation, il se concentra et leur fit tomber des météorites dessus, ce qui fit couler une partie du navire. On pouvait voir Pécari se décomposait, Alek prit la main de sa chérie et lui dit : « Avec moi maintenant ! »

Selen se concentra et tous deux parvinrent à faire tomber des boules de feu tout autour. Pécari s'agitait et semblait les maudirent. Il fut obligé d'aider les siens qui se noyaient.

Penny et Rémige activèrent leur turbo et allèrent tellement vite qu'elles traversèrent un nouveau monde. Cette fois, ils retombèrent sur Illusions.

Après autant de péripéties, ils se posèrent non loin de l'Académie. Ils décidèrent de marcher un peu pour se dégourdir les jambes, leurs plumes et chatanagras se postant sur eux. Ils se tenaient la main et Selen ressentit une faim l'assaillir. Elle dit à Alek : « J'ai faim, je crois qu'il est temps que je reprenne des forces. »

Alek : Oui, moi aussi.

Selen : Au fait, bravo pour ta performance de tout à l'heure, c'était impressionnant ! Je crois que je t'ai légué un peu de ma magie lorsque l'on s'est embrassés tout à l'heure, si cela peut t'aider, alors j'en suis ravie !

Alek : C'est vrai que c'était fou, j'ai halluciné d'avoir réussi. Que ferais-je sans toi ?

Et tout en discutant, ils se retrouvèrent installés dans un petit restaurant intimiste, un serveur s'approcha et leur dit : « Qu'avez-vous choisi ? Puis-je vous conseiller ? »

Selen : Je prendrais une salade composée et une part de pizza. Et toi Alek ?

Celui-ci répondit : « Je prendrais une pizza trois fromages, une salade en accompagnement. Et une limonade. »

Puis, il dit à Selen : « Et toi, tu ne prends rien à boire ? »

Selen : Juste de l'eau. Je dois faire attention à ma ligne, si je veux toujours te plaire.

Alek : Tu me plais, ne t'inquiète pas pour ça. Tu es la plus belle et je t'aime.

Selen sentait le sang montait dans ses joues, elle avait l'impression de vivre presque un conte de fée.

Le serveur était jeune, c'était un jeune choupisson qui se nommait Clayon. Il leur dit : « Je ne veux pas vous interrompre mais désirez-vous un dessert ? »

Alek : Oui, je prendrais une part de tarte aux fruits avec une boule de glace à la vanille. Cela fait bien longtemps que je n'en ai pas mangé !

Selen souriait, elle dit : « Bon, d'accord, je prendrais la même chose que lui. »

Clayon leur dit : « Très bon choix, vous ne regretterez pas. »

C'était entendu, il leur ramena du pain et des petites amuses-bouches. Ils grignotèrent. Puis, lorsqu'il repassa par-là, Selen lui dit : « Avez-vous de quoi manger pour nos compagnons Grège et Vif ? Et pour nos plumes ? »

Clayon s'exclama : « Oui, je vous ramène ce qu'il vous faut. Mais attendez-vous êtes la nouvelle recrue du Professeur Antique ? »

Selen : Vous êtes au courant ? Mais qu'avez-vous entendu exactement ?

Clayon : Beaucoup de choses, on vous a rechercher pendant plusieurs semaines, puis peu à peu, ils se sont fait une raison.

Alek : Surtout ne racontez pas que vous nous avez vus, cela doit rester secret, nous n'avons pas terminés notre mission.

Clayon : Puis-je vous aider ? J'ai des informations qui je pense pourraient vous intéresser !

Selen : D'accord, mais laissez-nous déjeuner tranquillement avant, histoire que l'on est toute notre tête pour mieux vous suivre.

Clayon hocha la tête en souriant, laissant entr'apercevoir ses dents bien aiguisés. Il leur ramena rapidement leur commande et tous purent manger de bon appétit.

Une fois leur repas prit, ils se levèrent et suivirent ce dernier dans l'arrière-cuisine où il n'y avait personne.

Il leur dit : « Merci de me faire confiance, j'ai deux choses à vous révéler… »

11

Selen : Nous t'écoutons.

Clayon : Votre premier ennemi n'est pas Vipérin mais le Professeur Antique. Votre deuxième problème est qu'il vous met des bâtons dans les roues depuis que vous avez laissé entendre que Vipérin pouvait avoir un supérieur.

Alek : Attends mais comment ça ? Le professeur Antique n'est pas du bon côté ? C'est un pourri ?

Clayon : Oui, je l'ai vu se transformer en une espèce de porc guerrier.

Selen jeta un coup d'œil à Alek qui souffla. Il ajouta : « Mais non ! C'est fou cette histoire, mais alors quoi ? Le professeur Antique est pourri ou bien il a été remplacé ? Est-ce possible tu penses ? Au fait, ça ne te dérange pas qu'on te tutoie ? »

Clayon : Ça ne me dérange pas, non. Je suis trop jeune pour que vous me disiez-vous tout le temps. Cela dit, je ne sais pas s'il a pu être remplacer mais moi je n'ai jamais connu un autre professeur que lui. Je pense que c'est une taupe, qu'il a toujours servi les intérêts de Vipérin, qu'il était de mèche avec ce dernier pour mettre le chaos dans l'Académie, peut-être ne voulait-il pas demeurer à cette place ! Je n'en sais rien !

Selen : Mais depuis quand y est-il ?

Clayon : Oh là !! Cela fait des décennies selon les dires de ma famille, nous vivons ici de génération en génération.

Selen : Mais c'est bizarre qu'Armance et Rick, Chardri et Rita ne m'aient rien dit, alors quoi ils ne sont pas au courant ?

Alek : Tu penses que c'est un coup monté ?

Selen : Je n'en sais rien mais c'est possible, enfin ce n'est pas logique de mettre à la tête de l'Académie un allié de Vipérin. Le fumier, il fait bien semblant. Mais si ça se trouve, le Professeur n'a jamais existé ou alors il a été envoyé quelque part ailleurs, mais comment savoir ?

Grège prit la parole : « Regardez les clés du destin ! Que l'on ne les aies pas prises pour rien quand même. »

Alek : Tu as raison Grège, je les avais oubliés avec tout ça. Il sortit la boite qui les contenaient et qui se trouvait au fond de sa poche. Il l'ouvrit et y trouva les clés le concernant, ainsi que celle de Selen, du Professeur Antique, de Vipérin et une boule en cristal qui semblait être rattachée aux clés. Il l'observa longuement puis la passa à Selen qui fit de même. Clayon leur dit : « Je suis dans la confidence, puis-je me joindre à vous pour vous aider ? »

Selen : Cela peut-être dangereux et nous ne voudrions pas qu'il t'arrive quelque chose de fâcheux !

Clayon semblait tout triste, alors Alek le souleva et le prit dans sa main, il le fixa et lui dit : « D'accord mais à condition que tes parents donnent leur autorisation. Si c'est le cas, tu resteras dans ma poche avec Vif qui prendra soin de toi, n'est-ce pas ? »

Vif : Bien sûr, j'adore parler et j'aurai pleins de choses à t'apprendre. Je suis magique, donc quel que soit ce dont tu auras besoin, tu l'obtiendras.

Clayon sautillait dans la main d'Alek. On pouvait voir ses petits yeux brillaient. Il était vraiment à croquer. Il sauta par terre et roula sur ses petits piquants, il courut rapidement vers les cuisines pour demander l'accord de sa famille. Sa mère et son père s'approchèrent de ces derniers et leur dirent : « Nous acceptons qu'il vous accompagnent car nous avons confiance en vous, vous êtes les seuls à être vrais dans ce monde et vous êtes les seuls capables de rétablir l'ordre. Prenez soin de notre choupisson Clayon. »

Alek : Je m'engage madame à vous le ramener sain et sauf. Tout ira bien, il est entre de bonnes mains, rassurez-vous. J'adore les animaux, les plantes et le vivant. Je m'en occuperai personnellement. Et Selen aussi. Comptez sur nous.

Les parents hérissons se tenaient côte à côte et sortirent un mouchoir, qu'ils agitèrent pour se moucher et l'agiter dans le ciel en guise d'au revoir.

En effet, Selen, Alek et leur nouveau protégé avaient repris la direction de leur mission sur leurs plumes.

Ils se posèrent un peu plus loin et restèrent muets quelques minutes, sans se concerter, ils réouvrirent la boite aux clés du destin, ils prirent chacun la leur et l'observèrent. Celles-ci leur dirent : « Pour enfin découvrir quel est votre destin, retour à la case départ, dans le château qui a remplacé l'Académie, enfin qui a fusionné plutôt. »

Selen : Où sont passés les étudiants alors ?

Alek : Je ne sais pas, mais cela ne me dit rien qui vaille. Allons voir mais faisons attention.

Selen : Je suis rassurée car tu as récupéré de mes pouvoirs magiques, sois prudent, je ne supporterais pas qu'il t'arrive quelque chose !

Alek : Cela vaut pour moi aussi, ensemble nous sommes plus forts. Je me sens de mieux en mieux depuis que nous avons commencés notre voyage initiatique.

Selen : Un voyage initiatique ? Oui, c'est ça, tu as raison. Cela rejoint ce que j'avais dit déjà au début, à savoir que c'est en poursuivant notre quête que l'on deviendraient des adultes responsables.

Alek hocha la tête. Les plumes s'envolèrent en direction de l'Académie-château. Selen les fit devenir invisibles afin de ne prendre aucun risque inutile. Ils volèrent quelques minutes et se posèrent sur le toit terrasse. Ils descendirent et se retrouvèrent nez à nez avec...

12

... Avec Vipérin qui se disputait fortement avec le Professeur Antique, ces derniers avaient ouverts les tombeaux et avaient découverts la supercherie. Ils étaient donc au courant que leurs ancêtres étaient toujours vivants et qu'à tous moments, ils pourraient revenir et leur couper l'herbe sous le pieds. Ils semblaient également dépités de constater que Selen et Alek avaient réussis à mettre la main sur leurs clés du destin et surtout la boule en cristal qui y était rattachée.

Alek et Selen se regardèrent sans dire un mot mais ils comprirent que cette boule de cristal avait de l'intérêt pour la suite de leurs affaires.

Alek se posait une question essentielle et à juste titre, est-ce que les Pivots, les Coupe-Choux et les Rifs étaient au courant de la vérité concernant le Professeur ou bien l'ignoraient-ils ? Parce qu'il n'y avait pas trente-six solutions, soit ils étaient au courant et s'étaient joués d'eux, soit ils l'ignoraient et s'étaient fait berner tout ce temps. Il lui faudrait en savoir plus au moment voulu.

Ils écoutaient toujours ces deux zozos et les trouvaient vraiment navrants, en effet, ils semblaient se disputer de la tournure des évènements. Ils entendirent toutefois le Professeur Antique dire : « Selen était venue me voir et m'avait posé des questions sur ses origines, je lui ai dit ce qu'elle voulait entendre. Mais je me suis bien gardé de lui dire toute la vérité. »

Vipérin : Elle n'a pas besoin de savoir que j'ai possédé son père pour l'avoir avec sa mère, la seule qui réside dans mon cœur.

Professeur Antique : Hum, enfin tu dis ça mais tu la maltraite honteusement, je n'appelle pas ça de l'amour moi…

Vipérin : Mêle toi de ce qui te regarde, tu ne sais pas ce que c'est. As-tu des nouvelles de tu sais qui ?

Professeur Antique : Pourquoi ne pas dire son nom ? Nous sommes seuls ici et personne n'a l'autorisation de monter sur les toits, seul le doyen le peut.

Vipérin : Tu ne le seras plus pour longtemps, c'était le deal, tu te rappelles ? Nous attaquerons bientôt, et je suis sûr que Selen me rejoindra avant que cela ne soit le moment. Elle m'apportera les pouvoirs que l'on m'a retiré et qui me reviennent de droit. Armance et Rick n'avaient pas le droit de me les prendre !

Professeur Antique : Ne parle pas ainsi de ma famille !

Vipérin : Comme si tu en avais quelque chose à faire, tu parles. Il n'y a pas plus hypocrite que toi. Moi, au moins je suis connu pour être votre pire cauchemar, toi tu fais semblant d'être avec tes étudiants. Quel filou tu es !

Professeur Antique : Oui bon, il a bien fallu que je gère la situation. La prochaine fois que tu attaqueras, tâche de moins tuer de personnel, je n'ai pas envie de passer derrière pour nettoyer comme la fois précédente.

Selen n'en pouvait plus de les entendre dire leur saleté alors elle s'approcha tout doucement et dans le plus grand des silences, elle récita un mot ou deux et tout à coup, ils furent ligotés et jetés du haut du toit-terrasse. Elle les rejoignit rapidement et les retrouva éclater au sol. Il semblait qu'ils s'en étaient allés. Tant mieux, il ne restait plus qu'à vérifier leur dire et contrer l'attaque qu'ils avaient projetés de refaire. Elle en était convaincue, encore plus qu'au début, ils avaient un supérieur. Il fallait le trouver rapidement et l'arrêter avant que cela ne se corse encore.

Alek la rejoignit et vérifia s'ils étaient morts, il ne sentait plus de pouls, il leur ferma les yeux. C'était étrange qu'ils soient décédés aussi facilement, il prit la main de Selen et lui dit : « Je ne sais pas pourquoi mais je n'y crois pas, et si tout ça n'était qu'une illusion de plus ? Ce ne serait pas la première fois ! »

Selen semblait exaspérée mais rétorqua : « Oui et bien nous verrons, j'aurai bien aimé qu'ils ne soient plus… »

Alek : Moi aussi, mais soyons prudents. Depuis le début, on a constatés que rien n'est vraiment réel.

Selen hocha la tête, ils étaient toujours invisibles, ils se donnèrent la main et rentrèrent par la grande porte dans l'enceinte de l'Académie-château. Ils verraient bien où cela les mèneraient...

13

Ils se trouvaient dans l'enceinte de l'Académie, l'ambiance était glaciale et différente de ce qu'ils avaient connus jusque-là.

Alek s'arrêta net et prit de convulsions se tordit dans tous les sens. Selen se trouvait toujours à ses côtés, attendit qu'il se redresse pour lui dire : « Que t'arrive-t-il ? C'est d'être rentré qui t'as mis dans cet état ? »

Alek hocha la tête, puis il fut pris de forts vomissements incontrôlables. Ce fut la fois de trop pour Selen. Elle lui dit entre deux rejets, je vais avancer et trouver la cause de ton état. Ne bouge pas d'ici, heureusement qu'on est toujours invisibles. Je reviens vite, ne parle à personne. Je ne sens pas du tout cet endroit, il y a une forte magie noire, je la ressens aussi.

Alek ne put répondre, il était livide. Heureusement il n'était pas seul, Vif et Rémige se trouvaient à ses côtés et l'aidaient à se remettre.

Selen avança seule, elle marchait tel un sioux et regardait partout. Elle se trouvait quasiment sur l'estrade où les Professeurs se tenaient habituellement pendant leur conseil de classe. Ils se trouvaient donc dans la grande salle d'examens. Il n'y avait pas un bruit, pas un mouvement. C'était très étrange comme situation, Selen n'avait aucune réaction, elle se tenait prête à se défendre pour le cas où.

Elle se retourna pour voir si son amoureux se trouvait toujours au même endroit, tout semblait normal. Elle observait les lieux, sur les murs de l'immense pièce, se trouvaient des miroirs ayant la forme de pierres précieuses brutes. Il s'agissait pourtant bien de miroirs, elle voulut se regarder dans l'un d'entre eux mais au moment où elle s'approchait, le miroir voulut l'aspirer. Elle résista et appela Alek, ce dernier se remettait à peine de son état, il courut aussi vite que possible et demanda à ses compagnons de la secourir. Vif et Grège miaulèrent étrangement et l'aspiration cessa. Leur cri ressemblait davantage à des plaintes, ils s'enroulèrent autour de Selen et la léchèrent longuement. Elle avait été attrapée par des bras et mains aux ongles ressemblant plutôt à des griffes tranchantes qu'autre chose, elle avait donc des blessures profondes sur le corps.

Elle leur dit : « Que faites-vous ? »

Grège : Nous avons le pouvoir de soigner, pour cela nous utilisons notre salive qui est magique et guérisseuse. Grâce à nos léchages intensifs, bientôt tu n'auras plus de séquelles et plus rien ne sera visible. Nous devons sortir d'ici, il y a beaucoup d'enchantements et tout n'est qu'Illusions d'ailleurs, comme tout le reste.

Selen : Je vous remercie de m'avoir soigné. Clayon tu vas bien ?

Clayon : Oui mais j'ai eu peur.

Selen : Ne t'en fais pas, je ne t'aurais pas laissé seul. Je n'ai pas eu peur, je voulais juste rester avec Alek, je ne veux pas que l'on se sépare.

Alek arrivait doucement à son niveau et la serra dans ses bras, il lui chuchota : « Sortons vite d'ici s'il-te-plait, je ne me sens pas bien du tout encore et je sens que beaucoup de choses terribles se sont produites. »

Selen : D'accord, cela dit, comme me l'as dit Grège, je reste convaincue que tout ceci n'est qu'une illusion de plus. Il faudrait que l'on enraye les enchantements qui ont été réalisés. Veux-tu bien m'aider ?

Alek comprenait l'insistance de cette dernière alors il prit sur lui et se concentra. Elle lui prit la main et lui dit : « Concentre-toi, si cela ne se rétablit pas rapidement alors on sortira vite d'ici, d'accord ? »

Celui-ci hocha la tête. Ils se concentrèrent et alors qu'Alek était trop faible pour intervenir, Selen elle, s'envola dans les airs, se mit à tourner et à réciter des mots très rapidement et fit exploser tout ce qu'il y avait autour d'eux, tous les miroirs disparurent, les portraits, les affiches, les banquettes, les chaises de bureau et tout ce qui se trouvait dans la salle. Elle tournait vraiment très vite et non seulement ses mains étaient mauves/violettes mais elle avait à présent un collier-couronne de diamants autour de la tête et du cou et en son centre se trouvait le fameux joyau qui un peu plus tôt se trouvait auprès des clés du destin.

Elle redescendit en tournant et elle semblait être en transe, elle rouvrit les yeux et constata que tout était redevenu comme elle l'avait connu. Alek avait été soufflé par sa prestation, il faut dire que c'était vraiment impressionnant !

Il la regardait avec un sourire et lui dit : « Bon sang ! Tu es surprenante ! »

Selen : Pourquoi ? Parce que j'ai désenvoûté les lieux ?

Alek : Oui, mais c'est surtout la manière dont tu l'as fait qui l'était !

Selen : Je ne me suis pas vraiment rendu compte, disons que j'étais là mais c'est comme si je ne contrôlais plus ma magie. En fait, je pense que dans les moments difficiles, tu sais ces moments où il faut tout donner pour retrouver un calme et une paix, alors je me relâche, ce qui me permet de réaliser des exploits.

Alek : Oui, je vois.

Selen lui sourit et ajouta : « Tu te sens mieux maintenant ? »

Alek : Oui. La magie était puissante mais toi tu l'es encore plus.

Selen : Allez viens, nous allons pouvoir poursuivre notre quête.

Alors qu'ils se tenaient la main, ils entendirent des cris étouffés. Ils se dirigèrent à toute allure dans cette direction et écoutèrent quelques minutes. Ils finirent par trouver l'endroit d'où venait les bruits, ils ouvrirent la trappe qui se trouvait sous un grand tapis et découvrirent les étudiants affaiblis, amaigris et apeurés, ainsi que leurs tuteurs Alexine et Egan.

Ils les aidèrent à sortir et à se rétablir. Selen se concentra et remit tout en ordre devant tous les rescapés qui la regardaient d'un drôle d'air. En effet, depuis l'incident avec l'une de ses nouvelles connaissances, ils ne l'avaient plus jamais revu.

L'un des amis d'Alek le remercia et lui dit : « Tu as confiance en elle ? »

Alek : Bien sûr, je suis avec elle et c'est d'ailleurs grâce à elle que nous avons pu vous trouver, elle a désenchanté les lieux et m'a soigné par la même occasion, à plusieurs reprises.

Selen s'approcha de la fille qu'elle avait transformé en rat quelques semaines avant et lui dit : « Excuse-moi pour ce qu'il s'était passé, je ne contrôlais pas ma force magique, je ne voulais pas cela. J'espère que tu accepteras mes excuses sincères. »

La fille s'approcha d'elle et lui dit : « Oui, je les accepte et merci de nous avoir sortis de là. D'où venez-vous Alek et toi ? On vous a cherchés partout ! »

Selen : C'est une très longue histoire mais la seule chose que l'on peut vous dire c'est que vous n'êtes plus en sécurité ici. Si vous avez la possibilité de retourner chez vous, faites-le, c'est plus prudent !

Alexine qui l'avait écouté, s'approcha et demanda : « Où est passé le Professeur Antique ? »

Alek répondit alors : « Il n'était pas celui que vous pensiez... De source sûre, nous savons qu'il était de mèche avec Vipérin. Mais nous avons une longueur d'avance sur lui et sa bande et nous avons également des alliés de taille, donc nous allons vous laisser et poursuivre notre mission ! »

Egan le retint et dit : « Non mon gars, tu n'iras nulle part. »

Alek voulut se défaire de ce dernier mais n'y parvint pas, Selen sentit la colère montait et leur dit : « Soit vous le lâcher, soit, je laisse ma colère et ma magie se déchainait ! »

Egan : Il n'ira nulle part, nous vous avons retrouvés, vous resterez ici maintenant et suivrez les cours comme c'était prévu au départ.

Alek : Selen et moi sommes ensembles, je ne la laisserais pas, je la suivrais jusqu'au bout, vous n'avez pas l'air de comprendre les enjeux, vous croyez qu'elle est contre vous mais elle œuvre pour rétablir la paix.

Egan : Oui, enfin depuis qu'elle est arrivée, il n'y a eu que des problèmes.

Selen regarda Alek et lui dit : « Pardon et met-toi à l'abris. »

Alek comprit sur le champs et s'éloigna, il se posa contre un pilier en marbre un peu plus loin et attendit avec Grège, Vif, Rémige, Penny et Clayon.

Egan hurla dans sa direction : « Mais que fais-tu ? »

Alek n'eut pas le temps de répondre, Selen tournoyait tel un cyclone et détruisait tout sur son passage. L'énergie qu'elle dégageait provenait de la colère, de la rage mais engendrait du renouveau. Sa couronne-collier se mit en action et l'illumina complètement et fusionna avec elle, ce qui l'immobilisa. Elle se trouvait, à présent, au milieu de la salle et soliloquait. Un vent violent nettoya ce qui restait de mauvais et elle redescendit près d'Alek.

Celui-ci s'approcha et lui prit la main, il l'emmena vers la sortie et lui dit : « À la fin de tout ça, je te demanderai ta main, afin que tu sois mienne jusqu'à la fin des temps. »

Selen prit conscience de ce qu'il venait de dire et hocha la tête en souriant. Il lui dit : « As-tu conscience que ta couronne-collier a fusionné avec toi et c'est ce qui t'a permis de contrôler ton énergie magique ? »

Selen : Non, je ne réalise pas vraiment ce qu'il se passe dans ces moments-là.

Alek : Que ressens-tu ?

Selen : Au début de la colère puis du calme, de la plénitude. Je me sens mieux. Mais il faut laisser la magie opérait pour que je m'arrête. Je ne sais pas comment l'expliquer.

Alek : Ne l'explique pas. Tu sais, je pense que c'était une nouvelle illusion tout à l'heure avec les autres. Je les ai trouvé étrange.

Selen : D'une certaine façon, je préfère ça parce que cela m'a peiné qu'ils pensent que j'agissais contre eux.

Alek : Ils ne te connaissent pas comme moi. Et puis, ils n'ont pas toutes les données que nous avons.

Selen : Crois-tu que tout ceci soit réel ? Je commence à en douter. Si ça se trouve, on fait un rêve commun et on se réveillera bientôt, toi tu seras toujours marié à Eryn et moi à Anton.

Alek : Je préfère mourir sur place plutôt que de les revoir !

Selen réfléchissait. Elle lui dit : « Tu sais quoi ? »

Alek la laissa parler seule, il aimait l'écouter réfléchir à haute voix, elle poursuivit : « Eh je crois savoir qui sont les supérieurs de Vipérin ! »

Alek : Les ? Il n'y en aurait donc pas qu'un ?

Selen : Oui, plusieurs. Je ne sais pas mais lorsque l'autre doyen-là, m'avait montré ma sœur et ton frère disparus car soi-disant mortels, j'ai eu du mal à croire à cette histoire. Je me suis bien garder de le lui dire, je ne lui faisais pas entièrement confiance. Et heureusement !

Alek : Tu veux dire que ce seraient eux les tireurs de ficelle ?

Selen : Oui mais ils ne seraient pas seuls, je pense qu'ils n'étaient pas vraiment des illusions comme le Professeur Antique voulait me le faire croire, cela n'était pas possible, parce qu'une illusion ne peut pas être palpable, à moins que l'on y intègre une forte magie. Anton était bien physique et Eryn aussi. Donc, ils existent bel et bien et ne sont pas des illusions, il m'a dit cela pour m'envoyer sur une fausse piste, ça parait clair maintenant.

Alek suivait son raisonnement et finit par dire : « Je crois savoir où tu veux en venir. Ton esprit est brillant, tu sais ? »

Selen hochait la tête en souriant. Elle ajouta : « Mais tu sais quoi ? On pourrait s'associer à l'avenir après notre union pour mener des enquêtes, je trouve qu'on est plutôt bon dans ce rôle-là ! »

Alek : Oui c'est vrai. Mais poursuis avant tout ton raisonnement ma chérie !

Selen : Eh bien, rappelle-toi ce qu'avaient dit mes ancêtres l'autre fois.

Alek : Rafraichis moi la mémoire.

Selen : Eh bien le fait que ton frère et ma sœur étaient effectivement des illusions. Mais comme ils étaient toujours vivants, ils devaient savoir que ce n'était pas vrai. Ils ont cassé du sucre sur le dos du doyen mais en fait, ils étaient de mèches parce qu'ils sont avec Eryn et Anton et ce sont eux les supérieurs hiérarchiques. Alors sont-ils au même niveau, je n'en sais rien mais en tout cas, ils sont au-dessus de Vipérin. Et si ça se trouve, lui-même n'est pas complètement au courant de ce qui se trame.

Alek : Ou peut-être que si mais que tout est fait pour nous tendre un piège. Je vois là encore, ton bon cœur et ta générosité, et ton amour de l'autre, reprendre le dessus, tu laisses toujours le bénéfice du doute, tu es incroyable !

Selen : Oui, moi j'appellerais plutôt ça de la bêtise…

Alek : Dans ce cas, je suis bête aussi. Non, tu as un grand cœur et cela se ressent dans tes actes et pensées. En plus tu es très logique !

Selen : Merci ! Ça fait plaisir autant de compliments. Tu peux continuer hein, c'est très agréable !

Elle lui faisait un grand sourire, il l'embrassa longuement.

Ils furent stoppés par Vipérin en personne qui leur dit : « Venez avec moi, j'ai à vous parler urgemment ! »

14

Alek et Selen n'en revenaient pas de cette intrusion. Ils suivirent machinalement ce dernier. Celui-ci prit la parole aussitôt : « Merci de prendre le temps de m'écouter, je sais que ma visite vous choque et j'en suis navré. Je ne suis pas celui que vous croyez, je ne me nomme pas Vipérin mais Joey. J'ai reçu une malédiction qui m'a transformé en cet horrible personnage. »

Alek : Vous êtes encore une illusion ! Et puis pourquoi avez-vous reçu cette malédiction ?

Joey : Non, touchez moi, je ne m'envolerais pas, c'est notre frère Anton qui me l'a envoyé.

Alek lui toucha le bras et découvrit sur ses mains de la cendre puante. Il s'exclama : « Ah mais qu'est-ce que c'est ? Et comment ça, notre frère Anton, je ne savais pas que j'avais un autre frère ! »

Joey : C'est qu'en fait, je me décompose. C'est une longue histoire. Et oui, Anton est notre frère, tu ne m'as pas connu parce que j'étais l'aîné, j'avais déjà quitté la maison familiale. J'ai toujours grandi ici, pas sur Illusions, d'ailleurs au tout départ, ce monde ne s'appelait pas ainsi.

Selen s'impatienta et dit : « Que viens-je faire dans ces histoires moi ? »

Joey : Très bien. Je sais que tu as vu tes ancêtres il y a quelques temps de cela, n'est-ce pas ?

Selen : Oui, ils m'ont beaucoup parlé.

Joey : Oui, je m'en doutais. Je suis venu vous voir car je vous ai suivi dans vos initiatives pour démêler le vrai du faux et franchement bravo, vous vous êtes bien débrouillés jusque-là, malgré qu'ils vous aient mis des bâtons dans les roues.

Selen : Qui donc ? Ce n'était pas toi ? Au fait, ce n'était pas toi sur le toit-terrasse de l'Académie ?

Joey : Non, c'était l'un d'eux. Tes ancêtres, Anton, Eryn et bien sûr le Professeur Antique. Non, ce n'était pas moi.

Selen : Et où sont passés les étudiants de l'Académie ?

Joey : Ils les ont enlevés et envoyés ailleurs et les ont remplacés par des faux pour vous piéger. Mais tes pouvoirs Selen sont infinis. Ils ont depuis toujours chercher à récupérer le joyau rattaché aux clés du destin, mais ils ne les ont jamais trouvé, pourtant croyez-moi, ils les ont cherché sans relâche. Et comme je n'étais pas d'accord avec leur stratagème de malheur, d'un commun accord, ils m'ont renié et maudit en me faisant passer pour le méchant, et j'ai lutté autant que je l'ai pu pour m'en sortir, j'ai tenté toutes les formules magiques que je connaissais mais il me fallait une magie de désenvoûtement très puissant pour y parvenir et je ne l'avais pas sous la main, alors ce rôle qu'ils m'avaient attribué, à contre cœur, m'a rattrapé et je me suis sentit obliger d'agir contre ma propre volonté. J'étais devenu leur marionnette vivante ! Je peux vous assurez que c'est un sentiment terrible, une culpabilité terrible...

Selen : Bon et pourquoi c'est moi qui les ai trouvés et pourquoi le joyau ainsi que la couronne-collier a fusionné avec moi ?

Joey : Ah ! Je ne savais pas que cela se passerait ainsi. Elle a fusionné ? Mais ça change toute la donne, tu es à la tête des mondes et tu as accès à l'ultime magie de pouvoir, de guérison, de destruction. Une connaissance des mondes, des peuples, des univers, de tout ce qui existe partout, ton pouvoir est illimité et infini et plus tu l'utiliseras pour le bien, plus ce pouvoir se renforcera et deviendra puissant et intouchable. Ils ont donc, dès à présent, échouer. Puis-je te demander de me retirer ma malédiction ? Et je vous aiderais à clore cette quête, car moi aussi j'ai des raisons de me venger ! Nos deux familles sont complètement pourries !

Selen : Si tout ce que tu dis est vrai, alors pourquoi lorsque je me suis retrouvée à tes côtés dans ta planque auprès de mes parents, tu m'as demandé de te rejoindre ?

Joey : Parce que, comme je te l'ai déjà expliqué, cette malédiction m'oblige par moment à jouer ce maudit rôle que l'on m'a octroyé. Je ne contrôle plus alors mes actes, pensées et quand j'arrive à reprendre le dessus sur tout ça, je me repends, car je ne suis plus vraiment moi-même dans ces moments-là et je tâche de tout mettre sur pause. D'ailleurs, je dois vous dire que les Coupe-Choux, les Rifs et les Pivots m'avaient rejoints mais je savais qu'ils étaient là en tant qu'espions et qu'ils venaient de votre part. Rassurez-vous en venant ici, je les ai renvoyer chez eux auprès des leurs, parce qu'ils n'avaient pas besoin de me surveiller, j'ai réussi à dépasser la malédiction qui m'a fait prendre cette apparence et ce comportement pourri, et c'est pour cela que petit à petit je me décompose, bientôt je mourrais.

Alek : Je ne te laisserais pas mourir. Selen, peux-tu faire quelque chose pour lui ?

Selen n'était pas sûre de ce dernier mais Alek semblait vraiment touché. De toute façon, s'il disait la vérité, il retrouverait effectivement sa vraie apparence et il pourrait les aider à démêler le vrai du faux et surtout arrêter les autres fous furieux !

Elle accepta par amour mais aussi par intérêt. Elle se concentra et trembla si fort que la terre se fendit en deux. Elle releva sa tête vers ce dernier et récita quelques mots qui firent apparaitre sa véritable personne. Il avait un air de famille avec Alek, il n'était plus vouté et n'avait plus une apparence à moitié de serpent à moitié d'homme. Il avait retrouvé son sourire charmeur, le même que celui de son frère Alek. Il avait les cheveux bruns, les yeux clairs plutôt bleus et des fossettes apparaissaient à chaque fois qu'il souriait. Il était assez grand et avait de grandes mains. Il retrouva même sa barbe de quelques jours qui le rendait plus craquant et plus vieux aussi. Il portait un pantalon noir, des chaussures blanches, une chemise bleu clair et il portait autour du cou, une chaine qui était son chatanagra. Il le caressa et celui-ci se réveilla, s'étira longuement, miaula sans s'arrêter pendant de longues minutes et finit par dire : « Miaouuu j'ai l'impression d'avoir été emprisonné pendant des années ! Enfin, l'air libre ! »

Joey : Oui, enfin nous nous retrouvons. Je te présente mon autre frère Alek et Selen, la détentrice du joyau couronne-collier.

Le chatanagra de ce dernier s'appelait Orso et il avait une particularité, il pouvait à loisir devenir ours ou chat. En fonction des situations, des besoins.

Il dit alors à Selen : « Merci de nous avoir libérés de cette malédiction, maintenant Reine des galaxies, allons-nous venger pour tout le mal qu'ils nous ont fait et qu'ils font autour d'eux ! »

Selen : D'accord, mais inutile de m'appeler ainsi, je suis et resterai Selen quoi qu'il arrive. Cela me suffit. Je ne sais pas pourquoi j'ai hérité de ce joyau, je n'ai même pas eu le temps de voir ce que me réservait mon destin dans la boite aux clés du destin, et voilà que je me retrouve propulsée au rang de Reine des galaxies ? Non, cela fait trop d'un coup. Pour l'instant, occupons-nous des autres ennemis et ensuite, on verra.

Alek : Ensuite, je t'épouserai ma reine Selen.

Selen lui caressa la joue et lui dit : « Oui, on se mariera mais je demeurerai Selen. »

Alek hocha la tête en souriant, il avait retrouvé un frère qui semblait être normal, cela lui faisait vraiment plaisir. Les choses n'allaient pas si mal que ça finalement.

Joey dit à Selen : « Je serais heureux d'être ton beau-frère, je jure que je veillerai toujours au maintien de votre couronne, de votre amour et de votre règne ! »

Selen : Je te remercie, pour l'heure, je ressens un besoin pressant de régler nos histoires. Alors allons-y !

Alek tenait la main de sa bien-aimée et de l'autre celle de son grand frère. Orso faisait connaissance avec Grège, Vif, Rémige et Penny, ensembles ils réfléchissaient à un plan à exécuter pour venir à bout de toute cette sordide affaire, une bonne fois pour toute.

15

Selen s'arrêta et dit à Joey : « Où penses-tu qu'il nous faille aller ? »

Joey : Nous allons retourner sur le monde où se trouve des ancêtres. Avant qu'ils m'envoient cette malédiction, ils se réunissaient là-bas.

Selen : Il y a quand même quelque chose qui me chiffonne ? Qui a construit cette Académie du coup ?

Joey : Tu veux la vérité ?

Selen : Bien sûr. J'en ai assez que l'on me mente.

Joey : Elle n'existe pas. Personne ne la construite.

Selen : Mais comment ça ?

Alek : Je crois que ce qu'il veut dire c'est que c'est une illusion de plus. Ou bien, l'Académie est vivante.

Selen ne trouva rien à répondre. Joey finit par dire : « Elle n'est pas une illusion, elle est réelle mais c'est elle-même qui est venue s'installer là. En tout cas, c'est ce que l'enceinte m'avait dit il y a longtemps. »

Selen : Tu veux dire que les murs-mêmes de l'Académie t'ont parlé ?

Joey : Oui, je suis le chuchoteur des bâtis, des animaux, du vivant, je suis un Papoteur Naturel. C'est-à-dire que tout ce qui sort du cadre du sorcier ou du magicien classique me parle et me demande mon aide, je suis un soignant, herboriste des mondes.

Alek : Incroyable ! Je ne savais pas que cela existait seulement. Donc l'Académie est comme une personne, elle est vivante et elle t'a dit qu'elle s'était installée là ?

Joey : Oui, seulement depuis, elle a été utilisée à de mauvaises fins, il faudra la soigner, pourras-tu m'y aider Selen ?

Selen : Oui, bien entendu. Nous lui redonnerons un second souffle, une nouvelle vie, quand tout ça sera terminé.

Joey : Super ! Merci pour elle. Saurais-tu retourner dans le monde de tes ancêtres ?

Selen : Je ne crois pas. Je ne maitrise pas encore totalement la magie, c'est plutôt elle qui me maitrise…

Joey : Ressens-tu toujours de la colère comme au début ?

Selen : Un peu moins, enfin jusque-là. Mais tes dernières révélations m'ont beaucoup énervé, je pense que je me sentirais prête à tous les achever pour tout le mal qu'ils ont provoqué. Mène-nous à eux, veux-tu ?

Joey hocha la tête. Il sortit de sa poche un petit tissu qu'il tapota et celui-ci se déplia en un clin d'œil.

Il lui dit : « Allez réveille-toi ! Il est temps que l'on reprenne du service. Tu t'es assez reposé comme ça. »

Ils entendirent une voix un peu enrouée répondre : « Oui, oui, ça va, laisse-moi revenir à moi, j'étais dans un merveilleux rêve où je me balançais avec une autre comme moi et où nous projetions de nous unir pour avoir une ribambelle de petits Naton et Natonne. »

Joey : C'est mignon, mais reviens-vite avec nous, je dois te présenter mon jeune frère Alek et sa fiancée, la Reine des galaxies Selen.

Le hamac se nommait Nato et sursauta en entendant cela : « Ah tu veux dire que ce ne sont pas les autres pourris qui l'ont eu finalement ? »

Joey : Exactement. Nous avons déjà une Reine et je ne crois pas qu'ils le sachent encore. À mon avis, ils doivent préparer non seulement une attaque contre l'Académie, mais surtout une guerre des mondes, une guerre de destruction massive. Ils envisagent certainement d'attaquer également les mondes autour. Ils veulent étendre leur haine partout, comme une maladie contagieuse.

Nato : Je vois, bon c'est une raison suffisante pour se bouger un peu !

Il prit le temps de s'étirer un peu et se souleva, Joey monta sur lui et se tourna vers le jeune couple et leur dit : « Montez sur vos plumes, je vous présente Nato, mon hamac voyageur. Il est un peu bougon et très fleur bleue.

C'est un merveilleux compagnon de voyage. Vous vous entendrez parfaitement bien avec lui si vous lui parler d'une hamacette pour qu'il fonde une famille et que pleins de petits hamacions et hamacionnes naissent ! »

Il souriait de toutes ses dents. Alek fut le premier à parler : « Enchanté Nato, je suis son jeune frère. Je découvre avec plaisir le fait d'avoir un frère normal et son univers pour le moins original. »

Nato : Salut Alek, j'ai beaucoup entendu parler de toi, à l'époque, avant que Joey soit transformé en Vipérin, il œuvrait déjà pour qu'on te laisse tranquille. Il essayait de dissuader les ancêtres de ta chérie de l'intégrer à toute cette histoire mais ils n'en avaient que faire.

Selen : Je ne comprends toujours pas, ce que je viens faire là-dedans. Est-ce que mes parents font partie de la supercherie ?

Joey baissa la tête et dit : « Non, eux avaient rejoints mon camps, quand j'étais encore Vipérin. Ils sont les descendants des ancêtres, même si aujourd'hui on peut dire qu'ils n'ont pas ce statut puisqu'ils n'ont pas fondé l'Académie comme ils ont pu vous le faire croire. Tes parents, qu'ils soient ton père ou ta mère sont de la même famille que ces derniers mais aussi du Professeur Antique. Lui, son vrai nom est Filoué.

Alek : Mais que c'est laid !

Joey : Tu as raison.

Alek : Mais alors si je comprends bien, Selen n'a rien à voir avec toutes ces histoires ! Alors pourquoi est-ce elle qui a hérité de la couronne-collier avec le joyau ?

Joey : Oui et non, car Eryn sa sœur avait un désir ardent de corrompre et une telle méchanceté en elle, elle faisait partie des sorciers corrupteurs/corruptibles et son ambition était de détenir cette couronne-collier qui est considéré chez les sorciers et magiciens comme le Saint Graal du pouvoir quel qu'il soit. Eryn, Anton notre frère, nos parents et ceux de Selen recherchaient depuis très longtemps les clés du destin et ce n'est pas pour rien qu'ils avaient pris le pouvoir dans ce royaume du destin, ils espéraient trouver ce si précieux butin. Seulement voilà, ils ne l'ont jamais trouvé parmi toutes les clés des destins dans la salle où vous vous êtes rendus car ils ne possédaient pas les qualités requises. Ils ont alors scellées les portes y menant, condamnant ainsi toutes les clés à être perdues. Mais vous avez réussis à les trouver, parce que Selen, toi Alek et vos compagnons étaient pures et intègres, honnêtes et généreuses malgré tout. Avec cette couronne-collier et le joyau qui était rattaché aux clés du destin, ils auraient pu détruire les mondes et faire régner le chaos partout et surtout pour toujours. Cette couronne est constitué de toutes les clés du destin de chacun d'entre nous et le fait qu'elle est fusionnée avec Selen prouve que c'est celle d'entre nous tous qui était la meilleure et la plus apte à régner sur les mondes, les galaxies et au-delà.

Bien entendu, Armance, Rick, Chardri et Rita également le recherchaient mais ne l'ont pas trouvé non plus. Comment les avez-vous trouvés ces clés ?

Grège et Vif : « C'est nous qui les avons trouvés, nous les avons récupérer après avoir été libérer par nos sorciers respectifs. »

Joey : Je comprends mieux, je pense et ça parait logique, qu'en fait, il n'y avait que d'autres yeux qui pouvaient les trouver. C'est sans doute pour cela qu'ils ne les ont jamais trouvé depuis tout ce temps. Ils doivent penser que vous ne les avaient pas non plus.

Selen : Je crois au contraire qu'ils le savaient. Mais je me pose une question, c'est pour cela que nous avons rencontrés des porcs guerriers dans des navires ?

Joey : Oui, ce sont leurs partisans, leurs alliés. Ils les ont rejoints pour la guerre qu'ils préparent contre nous, contre vous et contre les mondes.

Selen : Mais pourquoi sont-ils aussi pourris ? Quel en est l'intérêt ?

Joey : Quand j'aurais la réponse, je te la donnerais. Pour l'heure, je n'ai aucune explication à cela, à part le fait d'avoir les pleins pouvoirs pour assouvir tous ces penchants malsains et les pulsions les plus puantes, les plus détestables et haïssables possibles. Au fond, je pense que c'est cela l'explication.

Alek : Je suis bienheureux de constater que sur tout ce monde, il y en a au moins un qui n'a pas suivi, en dehors de moi bien sûr.

Joey : Oui petit frère, nous sommes deux à être différents.

Alek : Mais quel âge as-tu ? Combien d'années nous séparent ?

Joey : J'ai sept ans de plus que toi et qu'Anton. J'ai vingt-deux ans. C'est pour cela que lorsque vous êtes nés, vous ne m'avez pas connus, j'étais parti de la maison, plusieurs années avant.

Alek : Tu ne fais pas ton âge. Tu parais avoir dix-huit ans ou moins.

Joey : Oui, peut-être est-ce dû au fait que la malédiction a arrêté le temps. Je n'en sais rien. Cela dit, nous n'avons plus le temps de discuter, allons-y, le temps presse !

Selen et Alek s'installèrent sur leur plume et ils s'envolèrent rapidement.

16

Ils se trouvaient haut dans le ciel lorsqu'ils furent surpris par une tempête. Joey qui se trouvait devant ralentit un peu et se positionna de l'autre côté de Selen pour la protéger au cas où. Une pluie diluvienne s'abattue sur eux. Selen cria à Joey : « Sais-tu d'où ça vient ? »

Joey : Non, mais je suppose qu'ils nous mettent des bâtons dans les roues, comme jusqu'ici.

Alors qu'il disait cela, il se rendit compte que seul Alek ne se trouvait pas sous la pluie ni la tempête d'ailleurs, il comprit immédiatement mais c'était trop tard.

Ils furent attrapés en si peu de temps qu'ils n'eurent pas le temps de réaliser ce qui se passait. Lorsque ce dernier se réveilla, il mit un certain temps avant de s'habituer à l'obscurité. Il dût se concentrer longuement pour y parvenir. Il finit par entendre les râlements of Selen qui se trouvait non loin de lui. Elle semblait agiter. Elle divaguait beaucoup et poussait des cris stridents.

Il se releva et regarda autour de lui, il était enchaîné au niveau des chevilles et on peut dire que c'était serré au point que la ferraille lui rentrait dans les chairs.

Il se rassit et se mit à quatre pattes et tout en tâtonnant, chercha Selen dans le noir. Il finit par la trouver, elle était à quelques mètres de lui, allongée par terre. Elle était glaçait et grelottait. Il lui dit : « Je suis désolé d'avoir une famille aussi pourrie, je me suis fait avoir comme un débutant, je ne me doutais pas qu'Alek était dans le coup. Je n'ai pas pu te protéger comme je l'espérais. »

Alors qu'il parlait seul et tout bas, il entendit Grège lui dire : « S'il-te-plait Joey, libère-moi, je suis écrasée sous Selen ! »

Joey : Attends, je ne sais même pas comment elle se trouve. Ma magie ne fonctionne pas beaucoup ici. Il y a trop de sortilèges maléfiques dans cet endroit !

Grège miaulait de désespoir, il en eut le cœur brisé. Dans un ultime effort, il souleva le corps inanimé de Selen et libéra cette dernière. Celle-ci s'approcha de lui et le remercia, elle boitait. Elle se lécha longuement pour s'auto-soigner. Puis, elle lui dit : « Que s'est-il passé ? Je n'ai rien compris à ce qu'il y a eu ! »

Joey : Alek était avec eux depuis le début. Il a joué un rôle et a fait semblant de tomber amoureux de Selen pour avoir la mainmise sur la couronne-collier et surtout le joyau. Les autres et lui savaient sans doute que c'était la seule façon de l'obtenir.

Grège : Alek ? On parle bien de l'amoureux de Selen ?

Joey : Oui, c'est lui, mon petit frère. Je suis autant dégouté que toi.

Grège : Mais Selen ne s'en remettra pas.

Joey : Je pense que si, ce sera difficile au début mais elle y viendra.

Grège : Je dois te dire qu'il lui a ouvert le crâne pour récupérer la couronne-collier qui avait fusionné avec elle. C'est pour cette raison qu'elle ne se réveille pas, cela ne m'étonnerait pas qu'elle ne revienne plus. C'était vraiment violent, il était méconnaissable, moi je faisais semblant d'être sonnée pour ne pas qu'il me touche mais en fait, il n'en avait que pour cet objet.

Joey : On n'en est donc là ! Quelle plaie ! Nous devons la soigner, tu as vu comment il s'y est pris ?

Grège : Il a attrapé un gros couteau et alors qu'elle était encore éveillée et qu'elle se débattait, il l'assomma avec et lui ouvrit le crâne pour prendre l'objet qui se trouvait au creux de son cerveau. Il y avait du sang partout, c'était horrible ! Nous avons, nous chatanagras, le pouvoir de guérir, de soigner mais pas de grandes blessures comme la sienne. Où est Nato ?

Joey : Je ne sais pas, où es-tu Nato ?

Celui-ci tremblait, il se trouvait loin et avait assisté à la brutalité du geste d'Alek envers Selen. Ces images le hantaient. Il finit par dire : « Je suis là… »

Joey : Tu as vu toi aussi ce qu'il a fait ?

Nato répondit d'une toute petite voix faiblarde : « Oui ».

Joey : Viens vite me voir, je vais te faire oublier.

Nato : Non, je refuse, je veux me rappeler ce qu'ils ont été capables de faire et jusqu'où ils ont été capables d'aller pour atteindre leurs objectifs.

Joey : Crois-moi, si nous parvenons à quitter cet endroit, nous la vengerons. Pour l'heure, aide-nous à soigner le plus possible Selen. Où sont Penny et Orso ?

Grège : Penny doit être dans l'une de ses poches. Enfin j'espère. Et Orso, s'il n'est pas avec toi, peut-être a-t-il été attrapé par ton frère ?

Joey soupira, il espérait vivement que cela ne soit pas le cas, il n'avait pas l'habitude de se séparer de son chatanagra. Ceci dit, il s'approcha de Selen et la tâta dans le noir, il pouvait sentir son pouls faible, sa peau glacée, sa raideur. Il aurait pu baisser les bras mais il continua à chercher Penny, il ne la trouva pas. Où était-elle passée ?

Il finit par dire : « Je ne la trouve pas, peut-être a-t-elle été attrapé en même temps qu'Orso ? »

Grège : Pourquoi faire ? Pourquoi auraient-ils besoin d'eux ? En quoi pourraient-ils en avoir l'utilité ?

Joey : Oh tu sais, cela fait bien longtemps que je ne me pose plus aucune question de ce genre à leur propos, il ne faut pas chercher de logique dans leurs actions car il n'y en a pas, hormis le pouvoir qu'ils recherchent par tous les moyens. Concernant Selen, nous devons unir nos pouvoirs pour la ramener à la vie, elle est en train de partir.

Grège se mit instantanément à pleurer, de grosses larmes coulaient le long de son pelage, Nato également. Il s'approcha et mit son bras sur celui de Joey, Grège fit de même avec sa patte et ils se posèrent sur cette dernière, chacun se concentrant pour mettre en action toutes leurs connaissances et pouvoirs magiques pour la sauver.

Ils restèrent ainsi jusqu'à ce qu'ils aient des courbatures aux bras, à la patte. Ils poursuivirent ensuite chacun de leur côté. Joey l'avait un peu déplacé et avait posé sa tête sur ses jambes pour pouvoir mieux lui prodiguer les soins. Il sentait le sang coulait. Un fin liquide rouge s'écoulait lentement sur lui. Il retira sa veste et la couvrit avec. Elle tremblait et étouffait des cris. Puis à un moment, elle sursauta. Il lui prit la main qu'elle serra fort. Il lui dit : « Je te vengerais Selen, je te le promets. Pour tout le mal qu'ils m'ont fait et qu'ils t'ont fait. »

Grège et Nato se calèrent contre eux et finirent même par s'endormir.

17

Plusieurs jours, plusieurs semaines passèrent avant qu'ils ne reçoivent de la visite. Celle d'Alek qui venait voir s'ils étaient morts ou vivants.

Il alluma les lumières, ouvrit une petite fente pour laisser la puanteur de leurs cadavres s'évacuait. Ne les voyant pas bouger, il pensa qu'ils étaient morts alors il repartit en rigolant et laissa tout en l'état. Il referma le tout à double tour, ajouta de nouveaux envoûtements et disparut.

Joey ne se sentait pas très bien au moment de la venue de son traître de frère mais il l'avait quand même entendu. Il ouvrit les yeux et eut du mal à s'habituer à l'éclairage. Tout comme il lui avait fallu du temps pour l'obscurité, il en ressentait le besoin là aussi. Après quelques minutes qui lui parurent être des heures, il les ouvrit enfin. Il regarda rapidement la pièce dans laquelle ils étaient et sentit un petit air frais. Il savait que son frère reviendrait un jour ou l'autre, il fallait sauter sur l'occasion pour tenter quelque chose. Il se rappela que Selen se trouvait toujours sur ses jambes, il se pencha vers elle et la sentit respirer. Il sembla soulager. Elle s'accrochait pour vivre. Alors qu'il voulut la déplacer pour se lever, elle lui dit dans un ultime effort douloureux : « Non, reste … »

Joey : Tu es réveillée ? Oh merci, merci, merci ! Nous avons réussis à te sauver de la mort ! Grège, Nato et moi-même avons réunis nos pouvoirs magiques pour tenter le tout pour le tout.

Selen parlait très bas ne parvenant pas à faire mieux : « J'ai tellement froid ! »

Joey : Je sais, c'est un sortilège de plus. Attends, je vais te donner mon pull. Ne bouge pas, je l'enlève et te le mettrais dessus.

Selen parvint à dire : « Non, garde-le et prends-moi dans tes bras. La chaleur sera mieux répartie. »

Joey ne s'attendait pas à cette requête mais il accepta, il la souleva et la releva aussi doucement que possible puis il s'approcha d'elle au maximum, ouvrit ses bras et elle put à loisir se blottir contre lui. Il sentait son cœur battre, son corps grelottant s'apaisait peu à peu, il le sentait se calmer du traumatisme qu'il avait subi, il découvrait son parfum, ses cheveux longs et ondulés collés par le sang qui avait coulé sans arrêt. Une grosse partie de son crâne était encore béant mais il semblait qu'il n'y avait plus d'infection. Selen, quant à elle, se sentait en sécurité dans les bras de ce dernier, elle avait eu raison, la chaleur se propageait uniformément entre les deux. Elle aussi, profitait de son parfum, de sa carrure musclée et virile, elle se sentait en confiance mais surtout il lui avait sauvé la vie et pour elle, c'était la preuve ultime qu'elle pouvait compter sur lui. Finalement, toute sa vie n'avait été que mensonges, manipulations, trahisons, déceptions, tortures. Elle en aurait trouvé d'autres des qualificatifs pour décrire son existence mais elle avait un énorme mal de tête, elle se contenta de dire à son sauveur : « Je te remercie de m'avoir sauvé. J'ai cru que j'étais partie déjà. »

Joey : Je t'avais dit que je te protégerais et te sauverais. Je n'ai pas pu te protéger mais au moins je t'ai sauvé. C'est un demi-soulagement. Pardon de ne pas avoir fait mieux !

Selen : C'est très bien ainsi. Par contre, je commence à me sentir vraiment très faible, sais-tu quand ce félon, ce judas, ce scélérat reviendra nous voir ?

Joey : Je n'en sais rien. Mais nous devons nous préparer à sa visite. Lorsqu'il est parti tout à l'heure, il pensait que nous étions morts.

Selen : Oui mais non, nous sommes toujours vivants. Comment ai-je pu être aussi naïve ? Comment ai-je pu penser qu'il m'aimait sincèrement ?

Joey : C'est parce que tu fais confiance naturellement, que tu as un grand cœur, tu aimes aider les plus faibles. Tu n'as pas de mal en toi, tu laisses toujours le bénéfice du doute.

Selen : Pourtant à ton sujet, j'ai beaucoup douté.

Joey : Oui mais il y avait des raisons et puis finalement tu m'as rendu ma liberté, tu m'as sauvé toi aussi et d'une mort certaine qui plus est. Alors on est quittes ? Je finirais de te soigner et on trouvera un moyen de nous enfuir, connais-tu un lieu où nous pourrions nous cacher ?

Selen : Je crois que oui.

Elle fournit un effort surhumain pour relever sa tête et lui chuchota quelques mots à l'oreille, il hocha la tête en souriant. Elle se laissa tomber contre lui et ajouta à haute voix : « Je me sens si faible, je n'ai rien avaler depuis plusieurs semaines, je ne pense pas être immortelle… »

Joey comprit et pria pour que sa magie fonctionne pour faire apparaitre de la nourriture. Tout comme il s'était concentré pour la sauver, il rassembla les forces qu'il lui restait pour parvenir à manifester son désir. Grège et Nato le rejoignirent. À eux trois, ils réussirent et ils purent tous se remplirent leurs estomacs affamés. Clayon sortit de la poche interne de Selen et pleurait. Tout le monde l'avait oublié, Joey le prit et l'approcha de la nourriture pour qu'il se remette de ses émotions. Il lui fit un câlin et lui dit : « Tout va bien, nous avons sauvés Selen, il y a encore de l'espoir… »

Clayon pleurait, il se tourna vers cette dernière et ajouta : « Je suis désolé, je ne t'ai pas aidé ! Je n'ai pas vu qu'Alek était l'un des leurs. »

Selen : Ne prononce pas son nom s'il-te-plait. Mais rassure-toi, je ne t'en veux pas, tu es si petit, comment pourrais-je te reprocher quoi que ce soit ? Je n'avais rien vu non plus. Je suis la première responsable.

Joey : Non, tu n'es pas responsable, il a dû prendre un philtre pour ne pas dévoiler sa vraie apparence.

Selen : Mais les philtres ne sont-ils pas réservés qu'à l'amour ?

Joey sourit et ajouta : « Non, il existe tout un tas de philtres et ceux pour changer d'apparence et être hypocrite sont ceux qu'ils préfèrent. On ne se demandera pas pourquoi hein… »

Selen leva les yeux au ciel, elle semblait dépitée.

Clayon avait fini de manger, Grège et Nato aussi. Joey termina et Selen également. Elle se sentait mieux à ce niveau-là mais son mal de tête empirait à vue d'œil. Elle ajouta : « Ecoute Joey, si nous devons quitter cet endroit, ce serait mieux qu'on le tente maintenant, ma tête me fait atrocement souffrir et je ne tiendrais pas davantage de temps ainsi. Alors que proposes-tu ? »

Joey hocha la tête. Il lui dit : « Reste-là et garde ma veste sur tes épaules. Je vais me lever pour voir ce que je vois par la fente qui est sur notre droite, d'accord ? »

Selen ne dit rien, il lui arrangea la veste et se releva tant bien que mal. Il s'approcha autant qu'il put de la fente entr'ouverte et respira l'air de l'extérieur. Il prenait de grandes bourrasques en pleine face, il ferma les yeux et réfléchit un instant. Il connaissait cet endroit, c'était évident, cela lui rappelait des souvenirs. Mais lesquels ?

18

Pendant qu'il réfléchissait, Selen entendit du bruit. Elle lui dit : « Attention ! Il y a quelque chose derrière ! »

Il se retourna et vit apparaitre les serpents, araignées et scorpions qui avaient déjà sauvés Selen la toute première fois qu'elle avait rencontré Joey sous forme de Vipérin. Les serpents lui dirent : « Nous sommes venus te porter secours ainsi que tes amis, il faut faire vite ! »

Selen : Pourquoi m'aidez-vous encore une fois ?

Les scorpions : Parce que tu es l'élue et que tu dois retrouver ta condition qu'ils t'ont lâchement volés. Depuis qu'ils te l'ont pris, les mondes ne ressemblent plus à rien de ce que vous connaissiez !

Et tout en disant cela, ils avaient coupés la ferraille qui cisaillait les chevilles de ces derniers.

Joey regardait l'aspect de ses blessures aux pieds et dit : « Oui je comprends mieux, c'est pour cette raison que je n'arrive pas à me rappeler l'endroit où nous sommes, parce que tout est modifié depuis qu'ils ont la couronne-collier. »

Les scorpions : Oui, c'est exact. Il faut faire vite !

Selen : Emmenez-nous auprès des Coupe-Choux, des Rifs et des Pivots, là-bas nous serons en sécurité.

Les araignées : D'accord, mais nous ramènerons l'ensemble de nos mondes pour augmenter votre nombre d'alliés.

Selen hocha la tête. Joey aussi.

Ils s'approchèrent de cette dernière et s'affairèrent à la remettre sur pieds, au moins le temps de dégager d'ici. Ils creusèrent un tunnel suffisamment spacieux pour tout le monde, ils prirent en considération la plaie béante de Selen, il ne fallait pas que de la terre corrompue touche sa plaie. Après quelques minutes, les serpents leur dirent : « Suivez-nous ! »

Selen : Je n'arriverai pas à bouger.

Joey : Je te porterais.

Selen : Mais il n'y a pas assez de place dans ce tunnel pour que tu le puisses.

Les araignées, serpents et scorpions se regardèrent et se comprirent sans se parler. Ils dirent : « Nous te soulèverons dans le tunnel, reste allongée sur le sol, nous irons sous toi et te transporterons. Joey, Grège, Clayon et Nato nous suivront derrière. Il faut faire vite ! »

Personne n'eut le temps de répondre quoi que ce soit que Selen se trouvait déjà entraîner et soulever par ces derniers et découvrait le grand tunnel qu'ils venaient de construire pour leur évacuation et qui se referma après le passage des siens.

Joey les suivit de près tout en faisant attention à Clayon, Nato et Grège qui se trouvait autour de son cou.

Après de très longs moments à ramper, ils arrivèrent enfin à la sortie et se retrouvèrent au centre du monde des Pivots. Lorsque l'un d'eux les vit, il alerta les autres et ils s'empressèrent d'aller à la rencontre de ces derniers.

Lorsque le chef Pivot découvrit l'état physique de Selen, il l'emmena à toute vitesse à l'intérieur de leurs bâtisses. Il fit appeler les chefs Coupe-Choux et Rifs pour les mettre au courant de ce qui se passait, ces derniers rappliquèrent rapidement, n'en revenant pas des nouvelles. Ils firent appeler leurs semblables praticiens pour qu'ils interviennent sur Selen. Sa situation était critique ! Il ne fallait pas traîner. Pendant que certains soignaient son crâne, d'autres traitaient ses chevilles qui laissaient apparaitre les os. Ils soignèrent également Joey et ne tardèrent pas à terminer les soins pour les deux.

Ils avaient installés Selen dans un lit moelleux et douillet et ils la surveillaient pour le cas où. Elle avait un très gros bandage autour de la tête. Elle avait des potions à prendre régulièrement pour aider à la guérison complète.

Le chef Rif demanda alors : « Raconte-nous ce qu'il s'est passé ! Qui t'a fait ça et pourquoi ? »

Selen commença son récit puis Joey prit la suite, sentant qu'elle se fatiguait à parler. Les chefs Coupe-Choux, Rifs et Pivots s'agitaient en entendant le compte-rendu de toutes leurs péripéties. Ils finirent par dire : « Nous sommes avec toi Selen, nous avons été étonnés de retrouver nos espions à nos côtés, nous avons compris qu'il s'était passé quelque chose mais impossible d'avoir des nouvelles, on comprend mieux pourquoi maintenant. »

Selen : Je suis désolée, rien ne s'est passé comme prévu.

Le chef Pivot : Ce n'est pas grave. À présent que l'on sait tout ce qui s'est passé, on va s'entrainer pour combattre à vos côtés. Nous allons également renforcer nos sécurités pour ne pas nous retrouver envahis par les ennemis.

Joey : Oui, je vais vous aider.

L'un des médecins Pivot dit : « Non, reste à te reposer, tu le feras plus tard. Profite du calme et des potions pour te refaire une santé, tu en auras besoin... »

Joey hocha la tête et s'installa dans le deuxième lit à côté de Selen qui regardait le plafond de branches et feuillages. Il lui dit : « Je suis désolé encore pour tout ! »

Selen : Pourquoi ?

Joey : Je n'ai pas pu te protéger !

Selen : Tu m'as sauvé, ça vaut toutes les protections possibles, tu sais ?

Joey : Oui j'en suis soulagé mais j'aurais aimé faire plus.

Selen : Tu m'as réchauffé et donné à manger. C'est énorme !

Joey allait rétorquer quelque chose mais elle lui dit : « Stop Joey, cesse de te reprocher ce qu'il s'est passé ! Ce n'est pas toi qui m'a trahi, c'est l'autre là. Tu n'es pas responsable de cela. Chacun agit pour lui. Parfois, on fait passer en priorité sa propre personne, parfois celle des autres, parfois encore on ne pense pas et on fait n'importe quoi.

Joey : Et lui, tu le mettrais dans quelle catégorie ?

Selen : Lui, il sera mort bientôt.

Joey sourit, il savait qu'elle ne pardonnerait jamais sa trahison, le fait d'être tombé dans le panneau et tout le reste. Il faut dire qu'Alek avait joué au parfait novice en termes de magie mais surtout en amoureux transi. Et dès qu'on touchait aux sentiments, au cœur, peu de sorciers et magiciens étaient capables de pardonner. Il la comprenait parfaitement.

Il ne dit rien et tenta de se reposer. Elle lui dit : « Joey s'il-te-plait, donne-moi ta main. »

Il fut surpris par sa demande mais il accepta volontiers, il la lui tendit et elle l'attrapa fortement. Ils s'endormirent ainsi, renforçant davantage leurs liens.

19

Ailleurs, Alek se trouvait auprès d'Anton, Eryn, Armance, Rita, Chardri, Rick ainsi que leurs parents respectifs, le Professeur Antique, les porcs guerriers, on pouvait les entendre discuter : « Alors Alek, qu'est-ce que ça t'a fait de jouer avec Selen ? »

Alek : Rien du tout, je n'avais qu'une seule chose en tête, récupérer la couronne-collier.

Eryn : Pourtant depuis le château du destin, tu semblais être amoureux d'elle !

Alek : Oui et bien je jouais parfaitement bien la comédie. Tu ne sais pas faire ça toi ?

Eryn : Bien sûr que si. Et tu le sais très bien d'ailleurs.

Anton : Tu as une bonne droite en tout cas, tu m'as déplacé la mâchoire le jour où tu m'as cogné dessus au château !

Alek : Il fallait bien que je joue mon rôle jusqu'au bout.

Eryn : Et pourquoi ? Puisque Selen était inconsciente ? Non, tu as voulu lui casser la figure, mais pourquoi ?

Alek : Bon ça va là, non ? C'est quoi votre problème ? J'ai récupéré la couronne-collier, c'était le deal alors lâchez-moi !

Eryn : Tu es amoureux d'elle ?

Alek : Non, j'ai fait semblant pour l'amadouer.

Eryn : Si tu es amoureux d'elle.

Alek : Bon sang, mais combien de fois, il faudra que je le répète ? Je ne l'aime pas, c'est une imbécile qui pensait vraiment que j'avais un problème avec la magie. C'est grâce à ça que j'ai pu me jouer d'elle.

Anton : Nous savons tous que tu l'aimes.

Alek se leva et colla un poing à son frère. Il fut stopper par Armance. Elle lui dit : « Es-tu allé les voir ? Comment est-elle ? »

Alek : Ils sont morts. Ça sent le cadavre, c'est écœurant.

Armance : Mène-moi là-bas tout de suite.

Alek : Pourquoi faire ? Tu ne me crois pas toi non plus ?

Armance : Rien à voir. Je veux juste voir comment elle est.

Alek : Tu es prise de remords ?

Armance : Non, pas du tout. Mais cette couronne-collier ne fonctionne pas comme nous l'espérions et c'est sans doute parce qu'elle a été arrachée à Selen. Tu t'y es pris comment ?

Alek : J'ai pris un couteau aiguisé et j'ai ouvert son crâne, j'ai arraché au fond de sa cervelle, la couronne-collier et je l'ai ensuite jetée dans la pièce à côté de Joey.

Armance jeta un rapide coup d'œil à Rick qui semblait dépité aussi. Ce dernier lui dit : « Allez dehors, on t'a assez vu ! »

Alek : Mais quoi ? Ce n'est pas ce que vous espériez ? Je ne devais pas la tuer mais je vous rappelle que je n'avais pas le choix. Il fallait voir comment c'était fichu.

Armance : Mène-moi à elle, tout de suite.

Alek sentait que l'atmosphère était en train de changer, il ne servait à rien d'insister, il n'aurait pas le dernier mot de toute façon. Il la mena dans la pièce mais celle-ci était vide, ils ne trouvèrent qu'une mare de sang coagulé.

Armance le regarda et lui jeta un sort, il se transforma en poulet qu'elle dépluma vivant et qu'elle égorgea ensuite. Ainsi, d'Alek, il ne restait plus rien. Non seulement, il avait échoué dans sa mission, ce qu'ils souhaitaient c'était de récupérer la couronne-collier mais jamais de tuer Selen. Et encore moins, de la laisser s'enfuir. Parce que tous la connaissaient, une fois remise sur pieds, elle les traqueraient jusqu'aux derniers, récupérant son bien et les éliminant les uns après les autres. Alek avait été incapable de mener à bien la mission qu'ils lui avaient donné. Elle retourna rapidement auprès des siens et leur dit : « Bon, on a un problème de taille. »

Anton : Où est mon frère ?

Armance : Je l'ai tué. Il a échoué sur toute la ligne. C'était un incapable, imbu de sa personne qui n'avait rien compris à la mission. Je n'en pouvais plus de sa stupidité. Mais j'ai plus important à vous révéler...

20

Rick reconnaissait le ton et l'expression d'Armance, il fit taire tous ceux qui chahutaient encore. Cette dernière annonça : « Je suis allée avec Alek voir ce que devenait Selen et elle n'était plus là. »

Rick : Comment ça ?

Armance : Elle s'est échappée. Joey n'était plus là non plus.

Rick : Mais où sont-ils passés ? Alek nous aurait menti ?

Armance : Non, il était stupide mais pas menteur, il y avait du sang partout, c'était terrible. J'imagine qu'il n'a pas dû y aller de main morte, bourrin qu'il était.

Anton : Eh ça va ! Cesse de critiquer mon jumeau ! D'ailleurs pourquoi l'as-tu tué tu disais ?

Armance : Par sa négligence et sa crétinerie, il a laissé Selen et Joey nous échapper et ça vois-tu c'est une très mauvaise nouvelle pour nous tous.

Eryn : Pourquoi ? Selen doit être dans un état bien critique, avoir la cervelle à l'air libre, trifouillée par un fou furieux, je doute qu'elle s'en remette.

Rita : Elle a été soignée. Elle est toujours vivante.

Eryn : Eh bien, elle sera la prochaine sur la liste alors.

Armance : Non, nous ne pouvons pas la tuer.

Eryn : Et pourquoi ça ?

Armance : Tout simplement parce que la couronne-collier se détruirait au même moment. Le fait qu'elle avait fusionné avec elle fait d'elle la détentrice de la couronne pour toujours et à jamais. Alek la lui a arraché et nous la ramener, mais la couronne est dysfonctionnelle depuis qu'elle n'est plus reliée à Selen. Il faut qu'elle reste vivante, ce qui règlerait tous nos problèmes serait qu'elle rejoigne notre cause.

Anton : Maintenant qu'elle a fait la connaissance de Joey, je doute fort qu'elle se rallie à notre groupe. Nous lui en avons fait voir de toutes les couleurs en plus. Elle n'est pas si stupide que ça finalement, elle a vite compris que nous étions derrière tous ses problèmes.

Armance : Oui, malgré nos tentatives pour la freiner dans sa quête.

Eryn : Mais peux-tu savoir où elle se trouve maintenant ?

Armance : Non, il y a de fortes protections autour d'elle, elle est en sécurité et est bien entourée. Nous devons réfléchir à un plan pour la faire adhérer à notre affaire.

Anton : Je doute que Joey la laisse faire si toutefois cela était possible.

Armance : Joey est un minable qui parle aux plantes, tu parles. Il ne fait pas le poids face à nous. Nous pouvons être très convaincants.

Eryn : Oui et utilisez de la magie pour la faire plier.

Les parents de Selen et Eryn qui se trouvaient là n'avaient rien dit jusqu'à présent, mais leur sang bouillonnait. Une partie d'eux s'était fait littéralement massacré par un imposteur et le reste semblait s'en moquer, la seule chose les préoccupant étant que la couronne-collier ne fonctionnait pas comme ils l'auraient voulu. Ils ne dirent rien mais tout en se regardant se comprirent. Ils se levèrent et partirent vaquer à leurs occupations. Pour eux, ils n'étaient pas question que ces autres qu'ils avaient suivis jusque-là se jouent encore de leur autre fille qui avait, par ailleurs, mener une vie aussi sage que possible. Pour la première fois, ils prirent un autre chemin que celui qu'ils connaissaient. Mais ils écoutaient depuis des décennies les uns et les autres parlaient, argumentaient, orchestraient des coups bien minables, ces derniers étant ceux de trop.

Personne ne se rendit compte qu'ils étaient sortis. Ils retrouvèrent un vêtement d'Alek, dans lequel se trouvait Penny et Orso, le chatanagra de Joey, esquintés et apeurés. La mère qui se nommait Anika et le père Greg les rétablirent sur le champs et leur dirent : « Où est notre autre fille Selen ? »

Penny regarda Orso qui fit une mou qui en dit long et celle-ci finit par dire : « Nous ne savons pas. Mais vous ne croyez tout de même pas que l'on va la trahir alors que vous l'avez abandonnés pour ses ennemis ? »

Anika : Nous comprenons vos réactions, nous avons des remords, nous les avons fui d'un commun accord et sans se concertaient, Selen est notre fille et elle ne méritait pas de vivre ainsi. Nous sommes en grande partie responsable de ce fiasco mais nous souhaitons vraiment nous reprendre.

Penny et Orso les écoutaient mais ne parvenaient pas à savoir s'ils disaient la vérité.

Pendant ce temps-là, Selen se remettait tout doucement de son opération auprès des soignants Pivots, Rifs et

Coupe-Choux. Elle avait rechuté et avait subi l'ablation d'une partie de son cerveau. Une toute petite partie mais cela induisait des séquelles qu'elle aurait à vie. Joey, quant à lui, allait beaucoup mieux. Il souffrait beaucoup de la voir ainsi. Sa santé oscillait constamment, tout pouvait basculer n'importe quand. C'était un stress permanent pour tous les proches et amis de cette dernière.

Joey se sentait responsable, il avait failli et nourrissait également une colère, une violence contre sa famille, les ancêtres, la famille de Selen et tous ceux qui les suivaient. Plus les jours passaient, plus il se voyait en train de les achever lentement, les torturant pour tout le mal qu'ils avaient causés.

Clayon, Nato et Grège s'occupaient tant bien que mal en attendant le retour de Selen. Elle manquait à tout le monde, son sourire, son rire, son humour, sa façon de voir le monde, de réfléchir, ses mimiques lorsqu'elle découvrait un élément méconnu, ses gestes tendres envers tous ses amis, sa spontanéité, son impulsivité, son indulgence, sa passion, sa confiance aux autres, sa méfiance justifiée, ses réflexions, sa contradiction légendaire et tout ce qui la caractérisait et qui plaisait autant à tous ceux qui avaient la chance de bien la connaitre.

Clayon lui rendait visite chaque jour et lui parlait. Grège dormait près d'elle et ronronnait pour lui montrer qu'elle n'était pas seule.

Un jour, alors que cela faisait des semaines qu'elle luttait pour survivre, elle se réveilla et réclama de l'eau.

Clayon qui se trouvait à ses côtés alerta les soignants qui rappliquèrent rapidement. Ils vérifièrent son crâne, les plaies se refermaient doucement, ce n'était plus aussi laid qu'à un moment donné. C'était moins une. Mais il semblait qu'elle s'en était sortie enfin !

Joey qui s'occupait des petits animaux des alentours fut prévenu et s'élança vers sa chambre. Il arriva près d'elle et la trouva amaigrie et très pâle. Pas étonnant après ces semaines difficiles, il s'assit près d'elle et lui prit la main. Elle n'eut pas la force de la serrer, elle voulut tourner la tête mais n'y parvint pas. Il le comprit alors il se releva et se pencha au-dessus d'elle et il l'embrassa sur le front.

Selen laissa couler des larmes qui roulèrent dans sa chemise de nuit blanche.

Il les essuya et lui dit : « J'ai eu très peur pour toi, j'ai cru que tu allais m'abandonner à mon sort dans ces mondes tristes et lugubres. Qu'est-ce que j'aurais fait sans toi ? »

Selen chuchota : « Tu m'aurais vengé, je n'en ai pas le moindre doute ! »

Joey : Oui, c'est évident mais à deux on est plus forts et on va plus loin. Tu as beaucoup manqué à Clayon, Grège et Nato et à moi aussi. Je suis tellement soulagé de te retrouver Selen. Tu es une battante ! Les soignants ont effectué un travail remarquable sur toi ! Tu étais entre d'excellentes mains !

Selen : Merci à eux. Merci à tous. Merci à vous, merci à toi. Je suis très inconfortable, n'y aurait-il pas moyen de me relever un peu ? Aurai-je des séquelles de ma blessure ?

Joey se tût. Il n'osait pas lui annoncer qu'elle ne pourrait plus marcher comme avant. Elle comprit qu'une chose grave allait lui être annoncée.

Un des soignants s'approcha et vérifia ses constantes puis il lui dit : « Bonjour Selen, je suis heureux de te revoir parmi nous, nous avons dû t'opérer en urgence, tu faisais une hémorragie interne et nous avons détectés un début d'infection. Nous avons été obligés de te retirer une partie du cervelet qui avait été déjà touché par l'autre-là et qui commençait à se nécroser. Cela a malheureusement des répercussions sur ta mouvance, tu auras des difficultés pour te déplacer, car le cervelet est la région du cerveau la plus importante dans la coordination des séquences motrices. Il contrôle également l'équilibre et la posture. Autrement dit, dans le cas le plus positif tu arriveras à bouger mais difficilement et dans l'autre, tu ne remarcheras plus. Je suis vraiment désolé, j'aurais aimé t'apporter de meilleures nouvelles ! Mais au moins tu es en vie ! Et tu n'es pas seule !

Selen fondit en larmes. Trop d'informations d'un coup et trop d'émotions négatives, un trop-plein.

Joey s'essuyait les yeux également. Il trouvait la vie injuste, pourquoi c'étaient toujours les personnes les plus gentilles, les plus inoffensives qui subissaient toujours les drames les plus difficiles à surmonter ?

Le soignant la laissa avec ce dernier et promit de revenir la voir très vite. Une assistante Pivot s'approcha alors et lui plaça un repas semi-liquide à portée de main, elle la redressa un peu et lui dit : « Tu n'es pas seule, le jour où tu récupéreras ta couronne-collier, tu recouvriras toute ta santé ! Ce n'est qu'une question de temps ! En attendant ne désespère pas, nous sommes là si tu as besoin. »

Selen ne répondit rien. Elle était sous le choc. Joey se trouvait toujours près d'elle, ainsi que Grège, Clayon et Nato. Tous les quatre la regardaient les yeux bien humides. L'heure n'était pas à la fête ni à la joie de la retrouver enfin mais à la tristesse de ne pas la retrouver intacte. Certes, elle était vivante mais diminuée et cela ne l'aiderait pas pour la guerre qui se préparait.

21

Des semaines étaient passées et Selen allait mieux, elle mangeait tous ses repas, elle avait décidé de ne pas se laisser aller, elle poursuivait ses efforts auprès des siens pour remarcher. Elle avait toujours un bandage autour de la tête qu'ils lui changeaient deux fois par jour. Elle avait non seulement des potions à prendre mais aussi des remèdes et autres antidotes pour la requinquer.

Elle les prenaient en faisant la grimace. Ils n'étaient pas bons au goût mais ils l'aidaient à se relever chaque jour un peu davantage. Elle s'en rendait compte et tous ses proches également. Elle avait une envie de vivre incroyable et ils se calquaient sur son courage, sa détermination et sa motivation pour suivre ses pas. Ainsi, ils s'entrainaient tous à des niveaux différents, l'encourageant toujours pour chaque petit effort et chaque petite victoire réalisée. Cela paraissait peu pour un sorcier valide mais elle n'en faisait plus partie. Elle réalisait la chance qu'elle avait avant de se retrouver dans cet état. Elle réalisait que les mondes se plaignaient toujours de tout ce qu'ils avaient ou ce qu'ils n'avaient pas. Mais elle comprenait que l'insatisfaction faisait partie du mortel, du sorcier, du magicien et qu'il fallait absolument remédier à cela. Elle ne mesurait pas la chance qu'elle avait lorsqu'elle allait bien, elle s'en rendait compte aujourd'hui et elle se promettait d'y remédier le jour où elle parviendrait à revenir à son état normal.

Ce handicap immédiat était en fait une bénédiction, elle prenait conscience de la valeur des choses, des évènements, des pensées et actions et elle savourait différemment chaque jour qui passait. Elle profitait auprès de ses amis et alliés les Rifs, Coupe-Choux et Pivots, les serpents, araignées et scorpions et bien sûr Clayon, Grège, Nato et Joey. Lui était d'un grand soutien émotionnel, psychologique et les deux s'entendaient très bien. Ils passaient beaucoup de temps à rire et à développer leurs savoir, leur art, leur discipline, leur talent, leur aptitude en magie mais aussi en tant qu'être à part entière. Ils avaient compris qu'avant d'être des magiciens, ils étaient des personnes qui pouvaient profiter d'une vie simple et que le but d'une vie n'était pas la gloire au détriment d'autres peuples mais bien la résilience et l'amour de son prochain dans la paix et la joie.

Un jour, Grège alla voir Clayon et Nato et leur dit : « Vous savez que ce sera bientôt l'anniversaire de Selen ? »

Clayon : Oh c'est super ! Quel âge aura-t-elle ?

Grège : Elle aura seize ans.

Nato : Il faudrait que nous lui offrions un cadeau qui la touchera et dont elle trouverait l'utilité.

Clayon : Moi, je vais me charger du gâteau. Dans combien de temps cela tombera ?

Grège : L'anniversaire sera dans dix jours !

Clayon : D'accord, je vais réfléchir avec nos amis à un très bon gâteau d'anniversaire, vous savez, je considère Selen comme une seconde maman un peu. Je sais que j'ai ma famille qui m'attend au restaurant mais Selen m'apporte beaucoup, elle est tellement gentille.

Grège : C'est vrai. Elle est super ! Je suis fière d'être son chatanagra.

Nato : Je comprends, je ne le suis pas mais Joey s'attache vraiment à elle et je crois bien que c'est réciproque !

Grège : Je sais mais je doute qu'elle retombe dans le même état que la première fois, il lui faudra du temps.

Nato : Bien sûr, c'est évident et c'est très bien ainsi. Unissons-nous pour lui trouver un présent dont elle se souviendra. Allons en parler à nos amis.

Grège hocha la tête et ensembles s'y dirigèrent.

Ailleurs, Anika et Greg avaient planifié leur plan pour disparaitre de leur monde incognito. Ils les quitteraient un mardi car ce jour-là, peu d'entre eux se retrouvaient et chacun vaquaient à ses occupations. Et cela tombait bien car ce jour était arrivé, ils avaient attendus patiemment et avaient gardé pour eux leur projet. Penny avait hâte de retrouver Selen, elle qui n'avait plus eu aucune nouvelle.

Il était neuf heures cinquante et une minutes lorsque Anika et Greg récupérèrent une partie de leurs affaires et disparurent avec cette dernière sans laisser de trace et en n'oubliant pas d'utiliser un sortilège de rupture de traces.

Ils avaient délibérément laisser quelques affaires sans importance pour semer le doute et pour ne pas déclencher de représailles. C'en était trop pour eux, ils regrettaient amèrement tout ce qu'il s'était passé et souhaitaient vivement se joindre à Selen, leur fille, la seule qui ait toute sa raison, toute sa tête. Ils réalisaient à quel point ils s'étaient fait manipulés et ils espéraient vivement qu'elle les accepteraient après tout ce temps.

Alors qu'ils volaient sur leur veinette, ils demandèrent à Penny où elle pensait que Selen pourrait se trouver, celle-ci se concentra et leur dit : « Il est possible qu'elle soit retournée auprès de ceux qui ont refusé jadis de suivre Vipérin. »

Anika : Veux-tu dire qu'ils ont rejoints la cause de notre fille ?

Penny : Oui, bien entendu.

Anika regarda son mari qui s'essuyait les yeux. Penny leur dit : « Qu'avez-vous ? »

Greg : Nous sommes fiers d'elle. Elle a réussi à les convaincre alors que les autres n'y sont jamais arrivés.

Penny : Pas étonnant, elle est la meilleure dans les mondes de sorciers, de magiciens. Elle ressentait énormément de colère au début, mais cela devait provenir de vous autre mais surtout d'Alek, qu'il soit maudit ce traitre ! Elle l'aimait, il lui a brisé le cœur c'est sûr et certain, elle a dû se sentir trahie la pauvre, elle ne méritait pas cela !

Greg : Alek est mort, il a été tué par Armance.

Penny : C'est une maigre consolation pour dire vrai. Je ne crois pas qu'elle se sente soulagée en l'apprenant. Elle a dû avoir des séquelles sérieuses.

Anika : Tu n'es pas au courant de ce qu'Alek lui avait fait n'est-ce pas ?

Penny s'affola et ajouta : « Dites-moi ! »

Greg lui raconta alors ce que ce dernier se vantait de lui avoir fait subir, Penny cru perdre connaissance. Elle se reprit et dit : « Je vous observe depuis que j'ai atterri là-bas et j'espère vivement que vous n'êtes pas en train de vous jouer d'elle ni de nous d'ailleurs. »

Anika : Non, nous regrettons nos actes, nos trahisons. Cela suffit comme ça, il faut que cela cesse. Nous avons deux filles, l'une est merveilleuse, l'autre est totalement fêlée ! Nous avons choisis la seconde au détriment de la première, nous nous sommes aperçus que c'était la pire erreur que l'on avait pu commettre parmi toutes les fautes que nous avons accumulés depuis toujours...

Penny : Dans ce cas, je le lui dirais. Mais je ne garantis rien.

Les parents la remercièrent et continuèrent de voler aussi vite que possible.

Selen se trouvait sur un pâtre qui lui dit : « Je m'appelle Bergerine et sois sûre que je vais bien m'occuper de toi et t'apporter autant de confort que possible ! »

Selen : Merci Bergerine. Un peu d'air me fera du bien, roule doucement s'il-te-plait.

Bergerine : C'est comme si c'était fait.

Joey se trouvait à ses côtés et vit tout à coup des personnes qu'il ne pensait plus revoir, il s'arrêta net. Selen qui n'avait pas vu ce qu'il fixait lui dit : « Qu'as-tu ? »

Joey ne répondit rien. Il se demandait simplement ce qui allait se passer dans les prochaines minutes. Alors que Selen lui parlait toujours, il finit par lui répondre : « Pardon, mais nous avons, enfin tu as de la visite, que je ne m'attendais pas à trouver ici... »

Selen : Qui donc ?

Il pointait du doigt un endroit, elle le suivit du regard et se retrouva face à ses parents qui venaient d'arriver et à Penny qui s'était élargie pour qu'elle la voit et Orso qui grattait derrière la porte du monde, miaulant en tue-tête pour retrouver son sorcier.

Selen n'en revenait pas de les trouver là. Elle dit : « Va vite faire rentrer Penny et Orso que nous les retrouvions enfin. Pour eux, interroge-les, questionne-les, on va se comporter comme ils le font habituellement et utilise aussi la magie, vas-y franchement qu'on sache exactement pourquoi ils sont venus. Je prendrais une décision avec les éléments que tu m'apporteras. »

Joey : Très bien, c'est parti.

Il s'éloigna, fit rentrer Penny et prit Orso qu'il déposa autour de son cou, ils s'étaient manqués terriblement. Penny, quant à elle, retrouva enfin Clayon, Grège et Nato et qui leur raconta tout ce qu'elle avait entendu et vu.

Joey emmena Greg et Anika en dehors des mondes, ils restèrent dans l'entre-deux monde et les installa dans un coin, au regard de tous les habitants présents. L'interrogatoire pouvait débuter…

22

Joey avait attaché puis assis les parents de Selen contre un piquet, ces derniers se trouvaient dos à dos. Ils comprenaient parfaitement la situation et étaient prêts à coopérer. Il leur dit : « Bon, que venez-vous faire ici ? Qui vous envoie ? »

Anika : Personne ne nous envoie, je t'assure, nous avons décidés de quitter les autres, ils sont de plus en plus malades surtout depuis qu'ils se sont rendus compte que vous n'étiez plus dans votre cellule.

Joey : Ah ils sont revenus à plusieurs ?

Anika : Oui Armance et Alek mais comme vous aviez disparus, elle a tué ton frère prétextant que c'est parce qu'il avait mal fait son boulot.

Joey : Alek est mort ? Dommage, Selen et moi aurions pris beaucoup de plaisir à le torturer avant de le tuer. Après tout le mal qu'il a fait…Quoi d'autres ?

Greg : Nous avons pris conscience du mal que l'on a causés en suivant les autres, on les entendait discuter au sujet de Selen, Eryn sa sœur ne montrait aucune once d'amour ou d'empathie envers Selen, nous ne l'avons pas supportés et c'est à ce moment-là qu'on s'est aperçus de tous nos mauvais choix. Nous avons deux filles mais l'une d'entre elle a été malmenée par l'autre et par nous, et nous voulons vraiment nous rattraper ! C'est pour cela que nous sommes ici, nous espérons vivement qu'elle nous pardonne et nous accepte parmi vous. Nous sommes prêts à corriger nos fautes, nous vous dirons tout ce que nous savons etc.

Joey : Faites-le maintenant, je vous écoute. Quand ont-ils programmé la guerre ?

Greg : Quelle guerre ?

Joey : Oh ne me la fait pas à moi ! Je sais bien qu'ils en parlaient depuis que je suis né, alors quand ont-ils prévu de lancer les hostilités ?

Greg : Je t'assure qu'il n'y a pas de guerre prévue, ni ici, ni contre vous, ni dans les mondes. Jadis, ils en parlaient mais leurs plans ont changé avec l'arrivée de Selen.

Joey : Pourquoi ?

Anika : Tu sais, nous n'étions que des pions sur l'échiquier, ils ne nous ont pas dit pourquoi, nous nous contentions d'exécuter les missions et tâches. Et c'est en le disant à haute voix que je me rends compte que nous avons été manipulés. Nous avons été d'une stupidité crasse.

Joey : Qu'ont-ils prévu de faire alors ?

Greg : Ils veulent se protéger de la vengeance de Selen qu'ils craignent. La couronne-collier qui a été arrachée ne fonctionne plus depuis qu'elle n'est plus avec Selen. Alors ils cherchent à s'en protéger mais ils espèrent aussi que cette dernière rejoindra leur cause.

Joey éclata de rire, un rire vraiment très nerveux. Il s'arrêta net et ajouta : « Je ne crois pas non que ce soit dans ses plans, voyez-vous ? »

Greg : Oui on s'en doute. Mène-nous à elle, s'il-te-plait. Penny, sa plume est prête à nous défendre. Elle nous l'a dit.

Joey ne dit rien. Il les laissa là, sous bonne garde. Il retourna auprès de Selen qui se trouvait entourée de ses amis. Il lui dit : « Viens s'il-te-plait, j'ai à te parler. »

Selen : Parle ici.

Joey : J'ai interrogé tes parents, ils sont là de leur plein gré, ils ont réalisé leurs fautes d'être resté auprès des autres et ils souhaitent modifier leur destin. Ils m'ont annoncé qu'ils ne préparaient pas de guerre mais qu'ils craignaient ta vengeance pour tout le mal qu'ils t'ont fait. Et que secrètement, ils espéraient que tu rejoindrais leur cause pour qu'enfin la couronne-collier refonctionne correctement. Au fait, Armance a tué Alek.

Selen tiqua sur ses derniers mots et finit par dire : « Oui mais non. Enfin, ce que je voulais faire avec toi est peut-être toujours possible avec eux. Nous pourrons ainsi les neutraliser dans leur propre jeu. Qu'en dis-tu ? »

Joey : Développe s'il-te-plait.

Selen : C'est simple, si nous faisions semblants de les rejoindre, nous serions aux premières loges pour nous venger pour tout le mal qu'ils nous ont fait. Ils ne s'en rendraient pas compte et nous pourrions agir en toute impunité comme ils le font depuis toujours.

Joey : Ça se tient ton idée. Mais je crains qu'ils ne découvrent la supercherie.

Selen : Aucun risque, en plus, si je récupérais la couronne-collier, je recouvrirais ma santé et je pourrais alors les détruire plus rapidement. Tu marches ou non ?

Joey : Et que fait-on pour tes parents ?

Selen : Je vais aller les voir, histoire de les sonder et si je les sens bien, je les mettrais dans la confidence.

Penny prit alors la parole : « J'ai eu l'occasion de les voir à l'œuvre tout ce temps sans toi et la seule chose que je peux dire c'est qu'ils n'ont pas mentis. Ils m'ont libéré et ont quitté les autres sans dire un mot. »

Selen : Merci pour l'information. Bergerine, emmènes-moi les voir je te prie.

Celle-ci s'empressa de l'amener où elle voulait.

Une fois sur place, Selen fut prise de vertiges. En effet, quelques mois plus tôt, elle y était allée mais auprès d'Alek, le traitre. Cela tapait dans sa tête comme un marteau piqueur. C'était horrible comme sensation. Une fois face à eux, elle leur dit : « Bon, Joey m'a raconté ce que vous lui avez dit, je veux la vraie raison de votre venue ? C'est encore un piège pour m'attraper ? »

Anika : Non pas du tout, ils ne sont pas au courant de notre changement. Si ça se trouve, ils ne se sont toujours pas rendu compte qu'on les as quittés.

Greg : Ou alors ils s'en sont aperçus mais c'est trop tard. Je constate que tu es en fauteuil roulant, quelle tristesse ! Le petit fumier ne t'a pas loupé ! Je suis bienheureux qu'il ne soit plus de ces mondes.

Selen : Ne prononce jamais son nom devant moi, ne fais jamais allusion à lui si tu veux rester en vie.

Greg sentit une grande haine envahir sa fille. Cela lui fit beaucoup de peine.

Selen lui dit tout à coup : « Au fait, es-tu bien mon père ? »

Greg : Oui bien sûr, pourquoi ?

Selen : Parce que lorsque j'avais rencontré les ancêtres, ils m'avaient dit que c'était Vipérin qui avait abusé maman et que donc j'étais sans doute issue d'un viol.

Greg et Anika n'étaient pas au courant de ce qu'avaient dit ces fichus barbons. Anika s'emporta : « Jamais de la vie ! Joey avait été transformé en Vipérin et je ne l'ai jamais suivi, je savais qu'il n'était pas lui-même. Que t'ont-ils dit exactement ? »

Selen : Que Vipérin t'aimait mais que toi non et qu'un jour, il a disparu en même temps que toi et qu'il était probable que je sois sa fille, laissant entendre que le père que je connaissais n'était pas rattaché à moi par le sang.

Greg : Mais quelle bande de pourritures ! Jamais de la vie ! Je suis bien ton père biologique ! Mais pourquoi t'ont-ils dit une chose pareille ?

Selen : Sans doute pour m'éloigner de vous, j'avais l'intention d'en parler à maman depuis longtemps mais j'en ai été empêché.

Anika : Tu es issue de notre amour à ton père et moi. Joey enfin Vipérin n'a rien eu à avoir avec cela. Encore heureux.

Selen : Bon, eh bien ils accumulent les mensonges, ils n'en sont plus à ça près. J'ai soumis une idée à Joey tout à l'heure, vous allez me donner votre avis sincère à ce propos.

Anika : Nous t'écoutons.

Selen : J'envisage de faire semblant de les rejoindre avec Joey et vous et de nous venger directement au sein du noyau central. Qu'en dites-vous ?

Anika : Je ne sais pas. Ils sont stupides mais seront méfiants.

Selen : Au contraire, je pense qu'ils estimeront que mon changement de direction sera dû aux méfaits de l'autre sur moi. Après tout, on a été obligé de me retirer une partie de mon cervelet pour me sauver, résultat je ne peux plus me déplacer normalement. Ils penseront et je ferais tout pour qu'ils le pensent que c'est pour cette raison que j'ai baissé ma garde et que j'ai rejoint leur clan. Qu'en pensez-vous ?

Greg : J'en dis que ça se tient, ainsi nous t'aiderons à exécuter ton plan. Nous t'aiderons à te venger et nous nous vengerons également pour toutes les horreurs qu'ils ont pu dire, faire et mener de front tout ce temps.

Anika : Ton père a raison, nous t'aiderons à les combattre. Nous regrettons tous nos mauvais choix, je t'assure.

Selen : Si je vous détache, que ferez-vous ?

Anika : Nous te prendrons dans nos bras, bien sûr.

Selen : Savez-vous depuis quand vous ne l'avez pas fait ?

Les parents ne surent quoi répondre, elle ajouta : « Depuis l'âge de quatre ans, je n'ai plus jamais eu droit à un câlin de vous, vous étiez bien trop occupés à vous faire bien voir par les autres, à suivre bêtement leurs plans, sans penser aux conséquences. Était-ce votre idée de préférer ma sœur à moi ? »

Greg : Nous ne la préférions pas, la seule chose qui vous séparait déjà à l'époque, c'est qu'elle n'avait aucune pitié pour qui que ce soit, elle était terrible. Toi, tu étais plus douce, plus gentille, plus calme. On se demandait pourquoi étant donné que nous n'étions pas dans le camps des justes mais des ennemis. Nous étions enrôlés à ce moment-là, jusqu'au cou et nous n'avions pas vraiment l'occasion de nous rendre compte de la supercherie qui se tramait sous nos yeux. Pardonne-nous ma chérie !

Selen avait les larmes aux yeux. Elle avait envie de les croire mais une petite voix dans sa tête l'en dissuadait. Après tout, ils l'avaient déjà malmené par le passé. D'où venait cet éclair de lucidité tout à coup ?

Elle leur dit : « Je vais appeler Joey, ils vous surveillera nuit et jour et me rapportera vos moindres faits et gestes. C'est ma seule condition pour que vous restiez. Le moindre coup fourré et je vous tuerais. Je n'aurais aucun scrupule à le faire, après tout j'ai eu l'exemple toute ma vie... »

Ils ne répondirent rien, ils se sentaient tout confus et honteux. Leur fille aurait bientôt seize ans et n'était plus du tout une petite fille, une adolescente mais bien une femme accomplie. Ils étaient fiers d'elle mais ils ne le lui dirent pas. C'était trop tôt.

Elle opéra un demi-tour et retourna auprès des siens. Son regard se portait sur Joey qui lui dit : « Alors ? »

Selen : Détache-les et emmène-les ici, mais surveille-les et d'ailleurs tu ne seras pas le seul. Appelle les Pivots, les Rifs et les Coupe-Choux, qu'ils envoient des épieurs pour les espionner. Au moindre fait étrange, je veux en être informer.

Joey : À tes ordres, j'y vais de ce pas.

Tous se dispersèrent et l'on pouvait voir s'approcher les parents de celle-ci, tout timides mais tout heureux de pouvoir débuter une nouvelle vie dans tous les sens du terme.

23

Selen poursuivit sa routine comme si de rien était pendant quelques semaines supplémentaires. Joey appréciait de plus en plus sa compagnie et prenait très à cœur son rôle auprès de ses parents. Il ne voulait plus du tout la décevoir.

Ils savait qu'il ne devait pas faillir au risque de la perdre pour de bon. Un jour qu'il surveillait ses parents, ils s'en rendirent compte et lui dire : « Viens voir par-là Joey ! »

Il s'approcha et leur dit : « Qu'y a-t-il ? »

Greg prit la parole : « Savais-tu ce qu'on dit les ancêtres à Selen à ton sujet ? »

Joey : Non quoi ?

Greg lui raconta ce que leur avait dit cette dernière à leur arrivée et Joey tomba des nues. Il regarda dans sa direction et se demanda pourquoi celle-ci ne lui en avait jamais parler.

Anika lui dit en souriant : « Tu commences à t'attacher à elle, n'est-ce pas ? »

Joey : Pourquoi tu dis ça ?

Anika : Ton regard ne trompe pas, Greg avait le même au tout début de notre relation.

Joey : Vous c'est vous, moi c'est autre chose. Il ne peut rien se passer de toute façon entre nous.

Greg : Pourquoi pas ?

Joey : Après ce que mon frère lui a fait subir, elle n'est certainement pas en état de se remettre avec qui que ce soit. Et puis, elle est avant tout une très bonne amie, c'est bien suffisant.

Anika : Si tu le dis. Tu vas lui en parler ?

Joey : Non, enfin je n'en sais rien. Nous verrons si l'occasion se présente.

Les parents ne dirent rien de plus à ce sujet. Ils assisteraient ou non à un amour naissant, ils appréciaient de plus en plus ce nouveau rôle qu'ils découvraient auprès de leur fille. Une vie simple qu'ils n'avaient jamais connus. Leurs parents de génération en génération avaient suivis le camps des ancêtres, alors tout naturellement ils avaient marché sur leurs pas, sans réfléchir.

Aujourd'hui, ils mesuraient le changement. Même s'ils savaient qu'ils leur restaient encore beaucoup de chemin à parcourir, c'était la première fois qu'ils parvenaient à se sentir vraiment utile et vivant.

Joey les laissa et partit à ses occupations, il repensait à ce que Greg lui avait appris, cela le chiffonnait tellement qu'il ne put s'empêcher d'aller trouver Selen. Celle-ci s'amusait avec Clayon, Nato et Grège et tous les petits pivotons, pivotonnes, rifettes et rifets ainsi que les coupe-chouons et coupe-chouonnes. Ils jouaient à cache-cache et Selen devait les retrouver rapidement. Un temps était impartit. C'était très amusant !

Elle comptait pendant qu'ils allaient tous se cacher et alors qu'elle arrivait presque au numéro dix, il la retint et lui dit : « Pourquoi ne m'as-tu pas parlé de ce que les ancêtres avaient dit à mon sujet sur ta naissance ? »

Selen : Parce que cela n'avait pas d'importance.

Joey : Je ne comprends pas.

Selen : Je n'ai jamais cru à cette histoire, j'en ai parlé à mon père l'autre fois juste pour vérifier que mon intuition était bonne. Tu n'aurais pas pu être mon père, tu étais trop jeune. Ma mère était quand même plus âgé que toi !

Joey : Oui mais quand j'étais Vipérin, ça aurait pu.

Selen : Ça l'est du coup ?

Joey : Non, bien sûr que non. Je n'ai jamais été amoureux de ta mère, rien que cette pensée me répugne. J'avais d'autres choses à penser de toute manière. Que t'avaient-ils dit d'autres à mon sujet ?

Selen : Que tu étais les descendants de Chardri et Rita et qu'à ta naissance tu étais terrible, qu'ils t'ont fait passer des examens pour révéler ta personne et qu'en parallèle tu étais tombé amoureux de ma mère qui avait le même âge que toi, qu'elle ne t'aimait pas et que finalement tu l'avais probablement kidnappé pour abuser d'elle pendant un certain temps, et qu'ensuite j'étais née. Ils avaient laissé entendre que tu pouvais être mon père.

Joey fut pris de nausées. Il savait que sa famille était totalement malade, mais là c'était trop pour lui. Les fumiers avaient voulu le discréditer, inventer toute une histoire à son sujet alors qu'il avait subi une malédiction injuste. Il finit par dire : « Si tu as toujours envie de les rejoindre pour faire semblant, je suis ton homme, je te suivrais et nous les renverserons. »

Selen prit note de sa déclaration et partit jouer avec ses amis. Cela lui faisait du bien de savourer sa jeune vie d'adolescente. Elle le laissa seul et pensif.

24

Elle termina sa partie de cache-cache et retourna s'allonger un peu. Elle sentait une forte fatigue l'envahir. Elle retrouva Joey au même endroit, il était assis et semblait absent. Elle l'observa sans dire un mot. Il avait de beaux traits complètement différents de l'autre-là.

Elle se trouvait bien avec lui, mais il n'était pas question qu'il se passe quoi que ce soit avec ce dernier, pas après son implication dans sa dernière « histoire ». Elle avait été tellement blessée, tellement déçue. Touchée dans son intimité, elle, qui avait fini par ouvrir son cœur, on ne la reprendrais plus de sitôt. Elle voyait Joey comme un ami fidèle et qui lui avait sauvé la vie. Pour l'instant, elle souffrait toujours de la trahison de l'autre, elle ne se l'avouait pas, mais ça lui avait brisé le cœur. Elle se demandait toutefois si finalement elle l'avait aimer autant qu'elle le pensait, parce qu'à bien y réfléchir, elle se rendait compte de tous les coups fourrés de ce pourri pour s'emparer du butin. Il l'avait manipulé, il n'était pas digne d'amour ni de respect. Elle lui crachait volontiers dessus pour toute cette fausseté. Cela lui brisait le cœur mais en même temps, elle savait que ce n'était pas cela l'amour et elle se sentait chanceuse de n'être pas aller plus loin avec ce faux-jeton.

Au bout de quelques minutes, il se rendit compte qu'elle l'observait sans dire un mot, il lui dit : « Ah tu es revenue ? »

Selen : Oui, tu ne m'as pas vu, je n'ai fait aucun bruit. J'ai constaté que tu étais dans tes pensées.

Joey : Oui effectivement. Je voyais ma vie défilait et pff fiou quelle vie misérable !

Selen : La mienne est guère mieux sache-le.

Joey : Je le sais oui. Et ça me rend triste pour toi et pour moi.

Selen : Ne le sois pas, tout ce qui s'est passé depuis nos naissances nous a préparés à ce moment. Sans le savoir. Je sais que c'est bizarre dis ainsi mais je le crois fermement. Ce n'est pas un hasard si on se retrouve tous les deux maintenant.

Joey : Qu'entends-tu par-là ?

Selen se releva, s'assit toujours sur son lit, en face de lui et le fixa quelques minutes dans les yeux, elle lui dit : « Toi et moi nous nous ressemblons davantage que ce que l'on pourrait penser, parce que chacun a vécu des similitudes de galères, de coups fourrés, de manipulation, nos familles sont pourries jusqu'à l'os et nous étions seuls jusque-là mais le destin en a voulu autrement, puisque nous sommes réunis maintenant. Mais j'y pense où est passée la boîte qui contenait les clés du destin ? »

Joey : Je ne sais pas, n'était-ce pas Alek qui les gardaient ?

Selen semblait dépitée. Oui c'était lui qui les avaient à portée de main. Elle ajouta : « Eh flûte, je crois bien que oui. »

Joey : Allons voir tes parents, peut-être l'ont-ils vu ?

Selen hocha la tête, il l'aida à s'installer sur Bergerine et ils allèrent les trouver. Elle leur dit : « Papa, maman, lorsque vous étiez encore là-bas, avez-vous trouvé une boîte dans les affaires de l'autre ? »

Greg et Anika se regardèrent un instant et semblaient réfléchir. Ils finirent par dire : « Non, nous n'avons trouvé que Penny, ta plume. Mais pourquoi ? De quoi s'agit-il ? »

Selen : C'était la boîte qui contenait les clés du destin que je n'avais pas eu le temps d'examiner. C'est lui qui l'avait gardé. On était censés les regarder ensemble...

Anika : Malheureusement je ne l'ai pas vu et ton père non plus. Où pourrait-elle bien se trouver ?

Selen : Je ne sais pas.

Joey réfléchissait, il finit par dire : « Attends Selen, rappelle-toi, la boîte s'est automatiquement détruite au moment où la couronne-collier a fusionné avec toi. Mais sais-tu de quoi cet objet si convoité est fait ? »

Selen secoua la tête de droite et de gauche. Il poursuivit : « C'est un mélange de toutes les clés de nos destins à tous, la mienne, la tienne et tous les autres, elles se sont mélangées et soudées pour former une couronne qui se poursuivrait par un collier et qui te rendrait indestructible, invincible et toute puissante, comme je te l'avais expliqué au début. Donc, c'est pour cette raison que les clés et la boite ont disparus. Tu avais oublié ? »

Selen : Oui, mais il s'est passé tellement de choses depuis ce moment-là. Je suis fatiguée, je vais aller me reposer un peu. À mon réveil, nous devrons nous réunir pour parler de la suite des évènements.

Les parents et Joey hochèrent la tête. Elle alla s'allonger et s'endormit rapidement.

25

À son réveil, elle hurla. Ce qui fit arriver tous ses proches. Ses parents se trouvaient auprès d'elle lorsqu'elle ouvrit enfin les yeux. Elle était dégoulinante, elle avait été marquée par son rêve ou dirons-nous plutôt par son cauchemar.

Anika lui caressait les cheveux et lui dit : « Tout va bien ma chérie, nous sommes là papa et moi. »

Selen revenait peu à peu à elle. Son cœur battait à toute allure. Elle se mit à pleurer. Tous ceux qui se trouvaient présents ressentirent sa peine. Grège s'installa sur elle et la lécha longuement afin de l'apaiser. Cela l'aida beaucoup. Pour la remercier, elle lui fit un énorme câlin et l'embrassa longuement sur le dessus des oreilles. Grège adorait cela. Une fois qu'elle eut repris ses esprits, elle dit : « J'ai cauchemardé, l'autre était là et me rendait responsable de la tournure des évènements, il m'assurait qu'il était tombé amoureux de moi malgré les circonstances, que ce n'était pas prévu mais qu'à l'issue d'obtenir la couronne-collier, sa mission était revenue en première ligne et que dans un geste incontrôlé il m'avait ouvert le crâne et tout le reste. Il me demandait de mettre fin à mes jours pour le rejoindre dans le royaume des morts, je refusais alors il me menaçait de recommencer mais cette fois-ci, il cherchait à m'éventrer. »

Greg : C'était un immonde cauchemar, tout va bien maintenant.

Joey semblait vraiment dépité, il la regardait longuement et il se rendit compte qu'une trace de sang apparaissait sur sa robe de nuit, il demanda à sa mère de soulever son vêtement, il se tourna et elle constata avec effroi que ce fichu Alek avait trouvé un moyen d'agresser outre-tombe, sa fille Selen.

Tous restèrent bouche-bée et allèrent prévenir leurs hôtes. Joey qui s'était retourné et avait découvert avec effroi les marques de couteau sur le ventre de Selen avait une idée en tête, certes complètement farfelue mais qui lui semblait être la meilleure option pour éradiquer définitivement son frère des mondes. Il se retira et appela Greg de l'extérieur, une fois que ce dernier le rejoignit, il rentra dans le vif du sujet : « Bon, écoute, il semble que nous n'en ayons pas terminé avec cette mouscaille. Je sais qui nous devons contacter pour en venir à bout et peut-être même qu'il nous aidera pour les vivants qui nous enquiquinent. »

Greg : De qui parles-tu ?

Joey prit une grande inspiration. Et finit par lâcher : « Le Roi PolyèdreVésanie issu de Berlueum. »

Greg : Oh là mais rappelle-moi qui c'est ?

Joey le laissa se remémorer et le vit écarquiller les yeux. Il ajouta : « Avec lui à nos côtés, nous n'aurons même pas besoin de lever le petit doigt pour nous venger et récupérer la couronne-collier, il s'occuperait directement des concernés et les réduiraient au silence pour toujours et à jamais… »

Greg : Tu es au courant que c'est une légende ?

Joey : Oui mais non, les légendes existent Greg et de toute façon, pour le savoir nous n'avons qu'une chose à faire.

Greg : Laquelle ?

Joey : Nous allons nous y rendre, à la frontière avec son monde.

Greg : Mais sais-tu par où il faut passer ?

Joey : Non, mais je vais me documenter sur la question et puis je refuse d'assister impuissant aux menaces des miens contre Selen. Il faut que cela cesse !

Greg : Pour cela, je te rejoins complètement. Je vais en parler à Anika, nous te suivrons dès que tu seras prêt. Et pour Selen, veux-tu la mettre dans la confidence ?

Joey : Pas maintenant, une fois que l'on sera partis. Je ne voudrais pas qu'elle nous accompagne, elle est toujours affaiblie par ses traitements, elle sera davantage en sécurité ici. Elle pourra se reposer et se renforcer.

Greg : Elle tient à toi tu sais.

Joey : Comment le sais-tu ?

Greg : Je suis son père, j'ai été très absent, j'ai fait n'importe quoi mais je ne suis pas aveugle. Je reconnais ces choses-là. S'il t'arrivait quelque chose, je doute qu'elle s'en remette !

Joey : Je lui en parlerais, mais je suis sûr qu'elle tiendra à venir et je n'y tiens pas.

Greg : Oui mais mets-là au courant quand même, sinon elle pensera que tu ne lui faisais pas assez confiance.

Joey hocha la tête. Il savait déjà ce qu'elle dirait. Mais il n'avait pas le choix. Il partit se renseigner auprès de ses amis les bêtes, les bâtis et les plantes pour voir s'ils avaient des informations à lui communiquer.

26

Pendant ce temps-là, Anika soignait les blessures de sa fille. Les soignants de feuilles, de feux, de couteaux s'agitaient autour d'elles pour préparer de nouvelles potions pour les nouvelles plaies saignantes.

Une fois qu'elle eut pris toutes ses médications, ils la laissèrent se reposer, elle n'avait plus le droit de s'asseoir, il fallait laisser le temps aux blessures de se refermer, elle avait eu plusieurs points de sutures.

On peut dire que ce Alek, où qu'il soit, était véritablement un danger pour autrui.

Greg mit Anika au courant du projet de Joey pour sauver Selen, elle serait de la partie bien évidemment. Cela ne serait pas de tout repos de trouver ce royaume mais ils auraient enfin l'occasion de se rattraper pour toutes les erreurs qu'ils avaient commises.

Anika alla voir Joey et lui dit : « J'ai des informations pour toi. »

Joey : De quoi s'agit-il ?

Anika : Tu ne cherches pas au bon endroit. Je sais comment m'y rendre.

Joey : Comment sais-tu cela toi ?

Anika : Disons, que je m'y suis rendue plus jeune.

Joey : Pour quelle raison ?

Anika : Je devais faire mes preuves et l'une d'elles étaient d'aller là-bas pour rencontrer le Roi et obtenir un accord entre nos deux mondes.

Joey : Et tu as réussi ?

Anika : Non, je sais comment y aller mais une fois sur place, il m'a été impossible d'y pénétrer, il faut être mort pour cela.

Joey : Je trouverais bien une solution pour m'y rendre, je dois à tout prix rencontrer ce Roi.

Anika : Nous t'y aiderons. Ne t'en fais pas pour ça. Nous lui devons bien cela.

Joey les remercia, ils ne leur restaient plus qu'à se préparer et à partir très vite.

Les amis de Selen décidèrent de ne plus la laisser seule dans sa chambre afin de toujours la surveiller pour le cas où. Celle-ci sentait qu'ils se passait quelque chose, alors elle fit appeler Joey. Celui-ci semblait bien embêter mais vint la voir. Elle lui dit : « Dis-moi que se passe-t-il ? »

Joey : Comment ça ?

Selen : Je sens que l'ambiance a changé.

Joey : Non, pas du tout, mais cette histoire avec l'autre, m'a agacé. Même mort, il continue à faire le fou.

Selen : Ouais, j'aurais préféré qu'il m'oublie. Mais comment a-t-il pu me blesser pour de vrai, ça je n'arrive pas à le comprendre !

Joey : C'est parce qu'il ne doit pas encore être tout à fait mort.

Selen : Comment peut-on être pas tout à fait mort ?

Joey : Je me suis mal exprimé. Disons qu'il est à l'agonie mais pas complètement mort, en plus il semble qu'Armance l'avait transformé en poulet avant de le tuer, cela doit être pour cela qu'il a survécu. Il faudrait l'achever pour qu'il rejoigne l'autre royaume.

Selen : Et tu n'envisages pas de le faire toi-même et sans moi ?

Joey : Justement, j'aurais préféré garder cela pour moi, d'une part parce que tu es encore fatiguée de ta blessure à la tête et maintenant au ventre, mais puisque tu insistes, nous allons avec tes parents nous rendre au royaume de la mort rendre une visite au Roi PolyèdreVésanie pour lui demander de l'aide.

Selen : Qui ça ?

Joey : C'est un roi qui est en fait un spectre ou un fantôme si tu préfères, totalement sain d'esprit mais qui est connu pour rendre les mortels et surtout sorciers et magiciens complètement fous. Je ne connais pas ses méthodes pour s'y prendre mais ils le deviennent à tous les coups et dans la légende, il est indiqué qu'à une époque, il pouvait attaquer les vivants pour les rendre marteaux et c'est ce que je compte lui demander de faire avec nos ennemis, ainsi leur sort sera scellé par son biais et toi tu seras en sécurité. Cela sera beaucoup plus rapide et efficace. La mort qui frappe à ta porte sans crier gare, que demander de plus ?

Selen lui fit signe de s'approcher ce qu'il fit, elle colla son front contre le sien et finit par lui dire dans l'oreille tout doucement : « Reviens-moi vivant et en bonne forme, je ne veux pas te perdre Joey. Je t'attendrais et je veillerais sur toi avec nos amis. »

Puis elle l'embrassa sur la joue, celui-ci devint rouge instantanément. Il plongea ses yeux dans les siens, ils brillaient. Il se recula et lui fit un signe de tête l'air de dire que tout irait bien. Qu'elle ne s'inquiète pas. Il en ressortit tout chamboulé, pour sûr, elle ne laissait pas indifférent qui que ce soit, à commencer par lui. Lui, qui n'avait jamais été amoureux, et pour cause, il n'avait pas eu l'occasion de rencontrer pareille jeune femme. Il réalisa qu'il ne serait peut-être pas là pour son anniversaire, il en eut des regrets mais son premier choix était le meilleur. Il termina de se préparer et alla rencontrer les parents de cette dernière qui se trouvaient à son chevet. Il put l'entendre leur dire : « Faites attention à vous, ne prenez aucun risque inutile ! »

Ses parents l'embrassèrent et sortir le rejoindre rapidement. Ils furent entourés de tous les habitants des trois mondes accolés qui leur souhaitaient bon courage et tout un tas de choses dans ce genre. Ils les remercièrent et s'envolèrent sur les veinettes. Nato avait pris la décision de rester auprès de Selen. Joey le comprenait alors il se séparait de son « balai » pour qu'il veille sur cette dernière.

27

Selen se sentait anxieuse, c'était la première fois qu'elle ne participait pas à une mission aussi importante. Elle se sentait nerveuse et s'agitait beaucoup. Elle fut rapidement apaisée par les soignants qui lui administrèrent un calmant. Elle se détendit rapidement après cela.

Ailleurs, Armance et toute sa clique de dégénérés semblaient bien affaiblis. Si Joey, les parents de Selen ou cette dernière en personne se trouvaient en face d'eux, à cet instant précis, ils ne les auraient pas reconnus. En effet, ils paraissaient vieux, malades et sur la fin. Malgré toute la magie qu'ils faisaient pour se relever, rien n'y faisait. Ils se métamorphosaient à vue d'œil. C'était dû à la couronne-collier qui leur faisait subir un lourd châtiment, des représailles pour tout le mal qu'ils avaient causés. Elle se vengeait pour toutes les vies prises, perdues, gâchées, anéanties, qu'ils avaient générés.

Ils ne parvenaient plus à se débarrasser de cette couronne-collier de malheur, comme ils le répétaient ces derniers temps. Aucun d'entre eux ne s'étaient aperçus de l'absence des parents de Selen et Eryn. Ils étaient bien trop occupés par eux-mêmes pour voir la vie dans le reste des mondes. Ils se rejetaient la faute constamment, c'était une vision très pathétique.

La couronne-collier avait décidé de les achever plus vite que prévu ne supportant sans doute plus leurs paroles malsaines et odieuses, alors elle qui se trouvait sur le dessus d'un meuble, enfermée dans une boîte transparente, cadenassée, en eut assez, elle la fit exploser devant les yeux choqués de ces derniers et s'illumina si intensément qu'elle éblouit tous ceux qui se trouvaient là. Les rayons de lumière les transpercèrent de toutes parts, leur ôtant la vie et les faisant disparaitre des mondes, les envoyant aussitôt dans le Royaume des morts, là-bas, il était certain qu'ils seraient bien accueillis par toutes leurs victimes qui attendaient avec impatience ce jour.

Une fois qu'elle se retrouva seule, elle se décomposa et toutes les clés ainsi que le joyau se retrouvèrent dans une nouvelle boîte qui apparut non loin des mondes où se trouvait Selen. La couronne-collier n'attendait plus qu'elle pour fusionnait à nouveau et ne plus jamais disparaitre. Le monde sur lequel les ennemis des mondes se trouvaient quelques minutes plus tôt, explosa et disparut de la surface des mondes.

Alek qui était bien mal en point depuis la tentative d'assassinat d'Armance les retrouva tous. Ils étaient différents de ce qu'il se rappelait d'eux, en effet, ils étaient devenus des fantômes, ils avaient donc rejoint l'autre monde. Il alla les voir et leur dit : « Vous êtes donc morts aussi ? »

Chardri et Anton lui sautèrent dessus enragés de la tournure des évènements. S'ensuivit une bataille sans précédent entre tous les membres de cette communauté de malheurs. Tous y étaient, pas un ne manquaient à l'appel, les porcs guerriers également avec Pécari qui n'avait qu'un mot dans son vocabulaire : vengeance. Et il n'était pas le seul, le Professeur Antique était là également. S'ils avaient su, jamais ils ne les auraient rejoints, ils leur avaient promis des trésors, des butins par milliers, mais comment des imposteurs, traitres et menteurs professionnels pouvaient-ils tenir leurs promesses ? Ils s'en mordaient les doigts. Les parents de Joey donnèrent eux-mêmes les coups qui achevèrent Alek, l'insultant copieusement de sa crétinerie et de sa désobéissance concernant Selen. S'il avait écouté les recommandations qu'on lui avait donné, aucun d'entre eux n'en seraient là. Tous en étaient convaincus.

Au même moment, les parents de Clayon découvraient la boite dans laquelle se trouvait les clés et le joyau avec sur une étiquette, le prénom de Selen. Ils comprirent que celle-ci et leur petit Clayon n'étaient pas très loin. Ils fermèrent rapidement leur restaurant et parcoururent les rues, ruelles, et mondes alentours. Heureusement que les trois mondes des Pivots, des Rifs et des Coupe-Choux se trouvaient proches. Alors qu'ils observaient avec attention tout ce qu'il y avait autour d'eux, ils aperçurent leur petit choupisson en train de jouer avec ses amis dans le monde Pivot. Ils se mirent à courir et lui firent de grands signes. Constatant qu'il ne les voyaient pas, ils firent le tour et s'approchèrent de l'entre-deux mondes, là, ils frappèrent à l'immense porte qui s'ouvrit sur un grand Pivot. Celui-ci dû se baisser considérablement pour entendre ce qu'avaient à dire les étrangers. Lorsqu'il comprit, il les laissa rentrer, ils purent retrouver leur petit chéri qui n'en revenait pas de les trouver là, il sauta dans leur bras et leur fit pleins de bisous. Sa maman s'appelait Clisse et son papa se nommait Herse. Ils lui dirent : « Où est Selen ? »

Clayon : Venez avec moi, vite !

Il prit une patte de chacun d'eux et les mena vers l'intérieur de la chambre. Là, ils retrouvèrent Selen allongée dans son lit, dormant plus paisiblement. Elle avait un gros bandage autour du ventre. Cela leur fit de la peine. Ils déposèrent la boite sur le lit et là, un miracle se produisit sous leurs yeux ébahis. Les clés sortirent et s'élevèrent au-dessus de leurs têtes, elles s'allièrent entre elles reformant une couronne et un collier étincelant, le joyau se trouvant au-dessus de l'objet et faisant réapparaitre Joey et les parents de Selen qui allaient rentrer dans le royaume des morts. Ces derniers ne comprenaient pas comment ils étaient revenus au point de départ, Grège leur fit remarquer ce qui était en train de se passer, le sacre de Selen et son retour saine et sauve parmi les vivants. La couronne-collier se posa sur les cheveux de Selen et fusionna avec cette dernière, ne formant plus qu'une seule et même entité, un même corps. Plus personne ne pourrait jamais la retrouver, elle s'était fondue dans les organes de celle-ci, lui permettant de se rétablir instantanément et seul le joyau divisé en deux partie apparaissait dans ses yeux remplaçant les pupilles de cette dernière par deux magnifiques trésors changeant de couleur.

Selen se releva et retrouva avec le sourire tous ses amis, sa famille qui n'en revenaient pas de la scène à laquelle ils venaient d'assister. Elle sortit de son lit en pleine forme et rencontra ses bienfaiteurs, les soignants qui l'avaient sauver de toutes les horreurs qu'elle avait enduré. Ces derniers furent mis au courant de la fusion entre elle et la couronne-collier et tous ceux qui se trouvaient présents, s'inclinèrent devant elle. La reine des galaxies revenait à sa place tel un Phoenix qui revenait à la vie. Son allure, sa prestance, son apparence avait changé, elle était toujours la même jeune femme mais une distinction se ressentait à présent. Selen leur dit : « Relevez-vous, je suis toujours la même, je ne sais pas pourquoi c'est moi qui devait avoir la couronne-collier mais puisque c'est ainsi, j'ouvre les portes de nos mondes à tous ceux qui veulent découvrir nos terres. Qu'ils soient les bienvenus et si vous souhaitez apprendre la magie et d'autres spécificités comme le papotage naturel alors ce sera possible. Mes parents ci-présents vous apprendront à vous défendre contre les forces obscures et je vous enseignerai l'art d'aimer, de vous estimer à votre juste valeur, de toujours écouter son cœur et son intuition. Et beaucoup d'autres choses. Chaque habitant du monde Illusions, pourra s'il le souhaite devenir un professeur et apprendre aux futurs étudiants tout son savoir afin qu'il en ressorte grandit, meilleur. Ainsi, le but premier de cette Académie sera d'aider nos jeunes étudiants à devenir les meilleures versions d'eux-mêmes dans les mondes.

Tout le monde aura sa place. Même vous mes amis chers à mon cœur, les Pivots, les Coupe-Choux et les Rifs ne faites plus bande à part, formons une communauté unie et bienveillante à la différence, à l'acceptation de l'autre, à l'entraide et à l'amour. Je vous aime tous, vous m'avez permis de comprendre tellement de choses essentielles à ma vie, ma condition. Pour cela, je vous serai éternellement reconnaissante. Soyez bénis pour les siècles des siècles. Je n'oublie pas nos amis les serpents, araignées et scorpions qui m'ont sauvé à deux reprises. Si vous n'aviez pas été là, je ne serai plus de ces mondes, vous enseignerez également à l'Académie que l'aspect extérieur, la différence n'est pas une tare mais une force et qu'il ne faut pas se fier aux apparences, que l'on pourrait croire que vous faites partie des mauvais vu vos conditions, pourtant vous êtes là avec vos familles et je sais que vous m'auriez suivis où que j'aille. Pour cela, un grand merci. Maintenant, que je suis entière à nouveau, je vous invite toutes et tous à me rejoindre chez nous sur VerumVeritas. Voici le nouveau nom de notre monde, plus d'illusions plus de faux semblants, plus de mirages, plus de leurre ni d'apparitions impromptues, ni d'hallucinations, bref un vrai monde bien réel et positif. Qui m'aime me suive ! »

Elle s'élança vers les sorties de ce monde et le premier à lui emboîtait le pas fut Joey, son discours avait eu raison de lui, il osa même lui prendre la main qu'elle prit volontiers, elle se tourna vers lui et lui chuchota quelques mots à l'oreille, celui-ci devint rouge, elle éclata de rire et lui aussi. Un amour naissant était en cours, elle avait bien mûri, bien évolué, bien changé, elle avait retrouvé le sourire, ses amis, ses parents et l'amour, elle se sentait revivre et chanceuse, elle qui avait touché le fond, elle pouvait à présent, comprendre les plus nécessiteux, les plus défavorisés et c'est exactement ce qu'elle comptait faire avec son nouveau statut.

Elle fut suivit par tous ses nouveaux amis des mondes alentours et ils se retrouvèrent rapidement face à l'Académie, les anciens étudiants avaient réapparus depuis la disparition des ennemis des mondes et attendaient la reine des galaxies. Celle-ci ne tarda pas à arriver, tous se prosternèrent, elle les fit relever et leur dit : « Je suis votre égal, je ne suis pas mieux ou plus que vous, je suis différente c'est tout. Ici, je vous promets que vous deviendrez des hommes et des femmes vertueux, loyaux, intègres, incorruptibles, droits, fiers, impeccables, vous ferez preuve de bonté et d'empathie. Allez, c'est parti ! Que cette nouvelle vie et nouvelle aventure commence ! »

Anika et Greg pleuraient à chaudes larmes, ils s'étaient sauvés in extremis, ils avaient eu un éclair de lucidité qui leur avaient permis de se trouver ici et maintenant dans cette nouvelle phase de leur vie, auprès d'une personne merveilleuse, leur fille, reine des galaxies. Leur fierté était immense. Ils se sentaient prêts à endosser leur futur rôle auprès des étudiants. L'Académie magique ne ressemblait plus à rien de ce qu'ils avaient tous connus. Ils la découvrirent avec des yeux brillants, pendant un court instant, ils étaient tous redevenus des enfants éblouis par les lumières vives, les murs décorés avec goût, les colimaçons changeant de direction, de couleurs et de niveaux, les portes, les murs, les luminaires, les rideaux, les tables, chaises et fauteuils, les plumes et feuilles, les couverts, les lits, les draps, tout étaient vivants. Eh oui, rappelez-vous, l'Académie était vivante, tout son antre l'était également. Ainsi, les étudiants apprendraient à respecter ce qui les entourent et si certains venaient à manquer de respect ou à désobéir, l'Académie même s'en chargerait. Cela faisait ainsi, moins de travail pour les enseignants, les tuteurs et guides présents sur place. Des chatanagras attendaient sagement au pieds des lits que leurs futur.es sorciers. ères les choisissent. Dans l'entrée, se trouvait une grand pièce sur la gauche où se trouvaient des coquilles vides à taille réelle, des carapaces retournées, des plumets, pinceaux et autres faisceaux lumineux que les étudiants pourraient à loisir utiliser pour apprendre à voler.

Toutes les étudiantes et tous les étudiants, guides et tuteurs eurent tout le loisir de découvrir leurs quartiers, visiter les salles de classes, leurs futurs amis et alliés, de petits hydres et autres quidams pour leurs apprentissages. Autant de merveilles et d'animaux fabuleux qui vivaient là tranquillement. Un domaine inclut à l'arrière de l'Académie, leur permettant de profiter tranquillement et sainement. La vie sur VerumVeritas allait enfin pouvoir débuter avec la nouvelle année scolaire. Tout allait enfin pour le mieux. Selen a la tête de tout ce beau monde et qui annonçait ses fiançailles officielles avec Joey après six mois de passion, de bienveillance et de douceur. Tout était à sa place, tout le monde s'y retrouvait enfin et se sentait revivre. Les mondes allaient mieux et c'était le plus important, à l'Académie magique, tous les étudiants et étudiantes auraient enfin la possibilité de devenir des adultes responsables et bons.

FIN